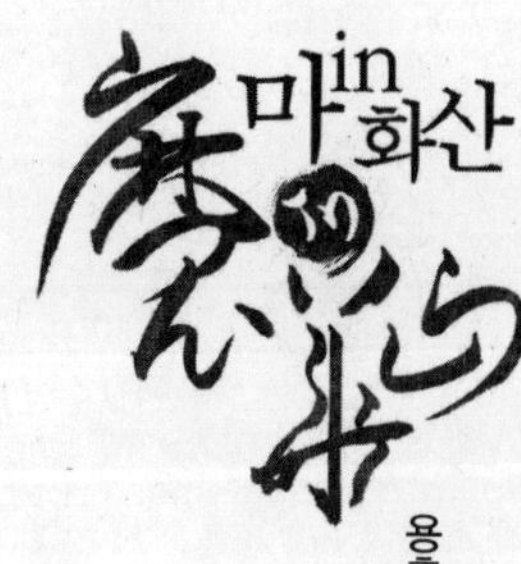

용훈 新무협 판타지 소설

FANTASTIC ORIENTAL HEROES

마 in 화산 1

용훈 新무협 판타지 소설

초판 1쇄 찍은 날 § 2013년 9월 16일
초판 1쇄 펴낸 날 § 2013년 9월 23일

지은이 § 용훈
펴낸이 § 서경석

편집부장 § 권태완
편집책임 § 박가연
디자인 § 신현아

펴낸곳 § 도서출판 청어람
등록번호 § 제1081-1-89호
등록일자 § 1999. 5. 31
어람번호 § 제2-2397호

주소 § 경기도 부천시 원미구 심곡2동 163-2 서경B/D 3F (우) 420-822
전화 § 032-656-4452팩스 § 032-656-4453
http://www.chungeoram.com
E-mail § chungeorambook@daum.net

ISBN 978-89-251-3469-7 04810
ISBN 978-89-251-3468-0 (세트)

1

마in화산

용훈 新무협 판타지 소설

FANTASTIC ORIENTAL HEROES

도서출판 청어람

目次

序

"염세악! 사악한 마공을 익혀 혹세무민을 일삼고 무림을 혈란으로 몰아넣은 죄가 크다 할 것이다!"

"한(寒)… 호(虎)."

사지가 결박당해 바닥에 무릎이 꿇린 사십대 장한이 추상 같은 표정으로 호통을 치는 도인을 바라보며 이를 갈았다.

각이 진 얼굴에 호랑이같이 번쩍이는 눈, 구레나룻부터 시작해 인중과 턱을 무성히 덮은 검은 수염은 보통 간담이 아니고선 어려울 정도로 무시무시한 외양이다.

반면, 오색 수실을 흩날리며 고색창연한 한 자루 검을 등에

멘 백발백염의 노인은 그야말로 인세에 현신한 신선의 모습이 따로 없다.

"심성이 삐뚤어진 자를 죽음으로써 단죄하는 것은 쉬우나 죄과를 뉘우치게 하는 것은 어려운 법. 이에 중론에 따라 사지의 심줄을 자르고 단전을 폐한 뒤 스스로 죄를 씻도록 제도수형(濟度囚刑)에 처하노라."

노인의 말이 떨어지자 좌우에서 시퍼런 칼을 든 사내들이 장한에게로 다가왔다.

장한 염세악이 외쳤다.

"웃기지 마라! 내 도끼는 칼을 든 놈들의 골통을 부쉈지 양민들에게 해코지한 적이 없거늘 무슨 혹세무민을 일삼았다는 것이냐! 무림의 혈란을 내가 일으켰다? 말을 똑바로 하라! 애초 마공을 익혔다고 먼저 시비를 건 것은 네놈들이 아니더냐!"

염세악은 핏발 선 눈으로 피를 토하듯 절규했다.

하지만 노인은 흔들림 없는 눈으로 그를 직시하며 대꾸했다.

"염세악, 아무리 변명을 한다 한들 네가 수백에 이르는 무림인을 참살한 죄는 변함없는 진실이다."

"죄? 그럼 내가 죽었어야 한단 말이냐, 더러운 개잡놈들아!"

사지가 묶인 채 발악하는 염세악에게 다가온 장한이 양쪽에서 그의 어깨를 우악스럽게 붙잡아 내리눌렀다.

"이거 놔! 이 빌어먹을 새끼들, 모조리 죽여 버리겠다! 다 죽여 버리겠어!"

옴짝달싹 못하게 된 염세악의 눈이 광기로 번들거렸다.

노인이 양손에 아홉 자루의 길이가 다른 칼을 들고 그런 염세악의 곁으로 다가왔다.

"한호! 내 죽어서도 오늘의 일을 잊지 않을 것이다! 죽어 구천에 가서라도 여기 있는 놈들과 네놈과 관련된 자들은 물론이거니와 여자와 아이, 개새끼 한 마리까지 모조리 죽여 한을 풀 것이다!"

살기가 충천해 번들거리는 염세악의 눈을 마주하고도 한호는 눈 하나 꿈쩍하지 않았다.

그리고,

푸욱!

"크아악!"

염세악의 눈이 찢어질 듯 커지며 비명을 내질렀다.

노인의 손에 들린 칼이 염세악의 구미혈을 사정없이 파고들어 가며 시뻘건 핏물이 치솟았다.

"으아악!"

노인의 손에 들린 칼이 하나씩 염세악의 요혈을 비집고 자루까지 박혀들 때마다 참혹한 비명은 더해갔다.

마지막으로 손목과 발목의 심줄이 잘리고 단전을 폐하자 발광하던 염세악의 몸이 힘없이 바닥에 널브러졌다.

"죽여… 버리겠… 다. 네놈들 모… 두… 용서……."

염세악의 눈은 독기가 여전했지만 점점 의식이 희미해지며 그의 눈을 채우는 것은 한 서린 눈물뿐이다.

고통으로 부들부들 떨던 염세악이 피가 낭자한 가운데 잠잠해지자 모여 있던 중인은 그제야 저마다 한숨을 털어냈다.

"과연 잘한 판단인지 모르겠습니다. 차라리 죽음으로써 단죄해 화근을 없애는 것이 나을지도 모르겠다는 생각이 듭니다만."

누군가의 말에 노인이 대답했다.

"모두의 걱정은 빈도 또한 잘 알고 있소. 빈도가 살아 있는 한 다시는 이자가 세상 밖으로 나올 일은 없을 것이니 빈도를 믿고 화산을 믿으시오."

사람들은 불안한 가운데에도 노인의 말에 고개를 끄덕이며 분분히 예를 취했다.

검신(劍神) 한호의 말이기에.

강호무림에서 그 하나하나가 검선의 반열이라 존중받아 온 화산칠검, 그중에서도 따로 검신이라 추앙받을 만큼 지고한 경지에 이른 그의 말에 감히 의문을 가질 담력을 지닌 자는 없었다.

설사 화산칠검 중 그의 위 두 사형이라 할지라도.

무림에 혜성처럼 등장해 자그마치 오 년의 시간 동안 정사 무림을 종횡무진 누비며 도륙을 일삼은 희대의 살인마 천살마군 염세악.

그는 그렇게 정사 양도의 무림공적으로 지목되어 칠 주야에 걸친 천라지망의 혈투 끝에 붙잡혀 사람들의 뇌리에서 서서히 잊혀갔다.

第一章

낯선 곳에서 눈을 뜬 염세악은 자신이 있는 곳이 어디인지 궁금하지도 않았다.

한 줌의 힘도 느껴지지 않는 텅 빈 단전과 학질 걸린 중늙은이처럼 벌벌 떨리는 손발을 보며 아득한 절망만을 느낄 뿐.

심줄마저 끊긴 손은 주먹도 제대로 쥐질 못했고 몸을 일으켜 앉는 것도 중풍을 맞은 것처럼 식은땀이 줄줄 흘렀다.

사람 하나가 겨우 기어서 출입할 수 있는 너비의 입구에 어른 팔뚝만 한 쇠말뚝이 창살처럼 막혀 있는 것이 시야에 들어왔다.

염세악은 뒤늦게 자신이 아주 작은 공간의 토굴에 갇힌 신세임을 깨달았다.

"깨셨는가?"

"……!"

목소리가 먼저 오고 시야에 사람의 모습이 잡히더니 기척은 가장 말미였다.

염세악은 그마저도 슬펐다.

전 같으면 기척을 가장 먼저 느끼고 목소리가 그 뒤를 이으며 모습을 확인하는 것은 느긋하게 기다렸기 때문이다.

눈을 감았다 떴더니 세상이 바뀐 것이다.

분노와 증오로 범벅이 된 염세악의 눈이 목소리의 주인을 노려보았다.

검은색의 도의에 불진을 손에 든 반백의 노인.

들끓는 살심을 주체치 못한 염세악이 찢어 죽일 듯한 눈빛으로 쏘아보며 말했다.

"여긴 어디냐? 네놈은 누구고?"

"화산일세."

운검은 담담히 대답했다. 하지만 염세악의 표정은 더욱 흉측하게 일그러졌다.

오늘날 그가 이 지경에 이른 가장 결정적인 원인은 화산칠검의 합공 때문이며 그중에서도 명실공히 무림 최강이라 불리는 화산칠검의 셋째, 검신 한호 탓이다.

"빈도는 운검이라 하네."

깜짝 놀랄 신분을 밝히는 노인의 말에도 염세악은 눈 하나 꿈쩍하지 않았다.

노인은 삼척동자라도 알 만큼 명성이 자자한 자다.

천애고학(天涯孤鶴) 운검.

육대검파의 수좌로서 무려 삼십 년 동안 일문을 이끌어온 자.

"화산파 장문인이 한가로운가 보군."

"장문직을 내놨지. 그대를 감시코자."

염세악은 태평하기 짝이 없는 운검을 보며 울화 섞인 웃음을 흘렸다.

"흐흐흐! 심줄을 자르고 단전을 부숴 병신으로 만들어놓고도 내가 그리도 무섭더냐?"

운검은 고개를 끄덕였다.

"무섭지. 천살마군 염세악이라면 충분히 그렇다네."

"뚫린 입이라고 잘도 나불대는구나."

염세악의 눈자위가 벌겋게 달아올랐다.

어찌 보면 천하의 화산파 장문인에게 인정을 받은 것이나 염세악에겐 그저 조롱으로밖에 들리지 않았다.

운검은 쇠창살을 격한 토굴 바로 앞에 자리를 잡고 앉았다.

"앞으로 잘 지내보세."

"무슨 소리냐!"

"말하지 않았나? 장문직을 내놓았으니 장락당에 노구를 눕기 전까진 자네 수발은 내가 들게 될 것이네."

"수발? 웃기는 소리!"

가당치도 않은 소리에 염세악이 코웃음을 쳤다.

"또한 하루라도 빨리 잘못을 뉘우치길 바라며 본 파의 선조께서 남긴 좋은 말들도 들려줌세."

"집어치워! 죽여 버리겠다! 네놈들 모두 죽여 버리고 말 테다―!"

분노에 찬 염세악의 고함이 화산 자락을 쩌렁쩌렁 울리며 메아리쳤다.

화산의 이름 없는 토굴에 갇힌 염세악은 세상으로부터 유폐된 절망과 힘을 잃고 폐인이 된 암담함, 원수들에 대한 사그라지지 않는 증오심으로 하루하루를 보냈다.

살심이 가득한 한 서린 피맺힌 절규가 하루가 멀다 하고 화산 곳곳으로 메아리쳤다.

그가 살기를 누그러뜨리고 죄악을 깨우치길 바란 운검은 하루도 거르지 않고 도가의 가르침을 내렸지만 오히려 염세악에겐 치솟는 울분을 부채질하는 격이나 다름없었다.

말년에 천하의 대마두를 감시하는 일을 자청한 운검은 염세악의 그런 모습을 보며 고개를 절레절레 흔들었다.

과연 천살마군은 천살마군이라 생각한 것이다.

처음 몇 달간은 증오와 살심으로 똘똘 뭉쳐 광기에 가까운 발광을 일삼더니 어느 순간 조용해졌다.

운검은 그때 염세악의 기가 이제야 꺾였구나 싶었다.

하지만 그게 아니었다.

발광을 멈춘 후부터 염세악은 손발도 제대로 움직일 수 없는 몸을 놀려 스스로를 단련하기 시작한 것이다.

처음엔 주먹을 쥐었다 폈다 하는 것으로 시작해 팔과 다리의 관절을 접었다 폈다 하는 하찮은 움직임을 끝없이 반복했다.

놀랍게도 겨울을 세 번 보냈을 때는 심줄이 끊어졌음에도 염세악은 보통 사람과 같은 움직임을 보였다.

운검은 염세악의 의지에 감탄했다.

한다고 해서 이룰 수 있는 것이 아니요, 의지와 근성이 있다고 해서 행할 수 있는 것이 아니었기 때문이다.

하지만 거기까지가 전부였다.

탄복하리만치 악착같은 근성으로 단련에 단련을 거듭했지만 사람 구실을 할 정도는 되었으나 무공을 회복하기는 요원했다.

힘을 찾는 것은 고사하고 무술 자세를 흉내조차 낼 수 없을 정도로 그의 몸은 말을 들어주지 않았다. 더 이상 손발을 떨지 않고 보통 사람처럼 움직일 수는 있었다. 하지만 무공과 연관해서 힘을 쓰는 것은 불가능했다. 그것이 설사 기초적인 몸 풀기라 할지라도.

심줄이 끊긴 폐인을 벗어나기 위해 삼 년을 절치부심한 그였다.

포기를 모르는 그의 근성은 무공을 회복하기 위한 몸부림으로 무려 십 년을 보냈다.

운검은 맹세코 그 십 년 동안 염세악이 단 하루도 게을리하거나 포기하려는 것을 보지 못했다.

그리고 염세악이 무공을 회복하려 온갖 수단과 방법을 동원하는 것을 보면서도 그저 지켜볼 뿐 방해하거나 우려하는 마음도 갖지 않았다.

그저 십 년의 세월을 훌쩍 넘겨도 지워지지 않는 그의 독기와 증오심이 안타까울 뿐이었다.

그리고 어느 날, 염세악은 아무런 전조도 보이지 않은 채 모든 걸 포기하고 내려놓았다.

실어증에 걸린 듯 말을 하지 않았고 수련도 하지 않았다.

그저 움직일 때라곤 운검이 가져다주는 끼니를 때울 때 빼고는 누워서 토굴의 천장만 멍하니 응시했다.

지독한 수련에 따른 소란스러움도 사라지고 악에 받친 절규도 뚝하니 멎어 고요함이 찾아왔지만 운검은 오히려 그때를 더 그리워하게 되었다.

염세악은 더 이상 말을 걸어오지도 대꾸도 하지 않았다.

몇 번 대화를 시도하던 운검은 얼마 안 있어 포기했다.

하지만 공허한 눈으로 숨만 쉬는 꼴인 염세악에게 운검은 마지막까지 도가의 가르침을 내리는 것만은 게을리 하지 않았다.

*　　*　　*

"본 파의 일대제자 장헌이다."

드러누워 천장을 응시하던 염세악의 공허한 눈이 쇠말뚝 밖으로 향했다.

전날 운검이 이별을 고하고 사라진 뒤 감시할 사람으로 새로운 인물이 온 모양이다.

염세악은 무심결에 가만히 운검과 보낸 세월을 헤아려 보았다.

문득 헤아리는 손을 보니 주름이 자글자글했다.

이십 년의 세월이 흐르면서 어느새 환갑이다.

이름을 장헌이라 밝힌 사십대의 화산파 도사를 물끄러미

바라봤다.

패기와 웅혼함이 느껴지는 눈의 정광, 예리한 칼날을 보는 듯한 기도.

젊음과 힘찬 기운이 느껴지는 장헌을 보며 염세악은 과거 자신의 모습을 투영했다.

'한… 호.'

염세악은 불현듯 오랜만에 검신 한호를 떠올렸다.

심장이 불끈하며 뜨거운 것이 치밀어 올랐다.

무슨 눈싸움이라도 하듯 염세악을 호랑이 같은 눈으로 응시하던 장헌이 눈썹을 꿈틀했다.

염세악으로부터 살기를 느낀 것이다.

짙은 한숨이 염세악의 다물린 입을 비집고 새어 나왔다.

그나마 세월이 흘러 이 정도이지 과거 같으면 '한호' 란 이름만 떠올려도 피가 역류하고 시야가 새빨갛게 변할 정도로 증오심이 솟아나 소리를 치고 발광이라도 하지 않으면 진정이 되지 않을 정도였으니까.

'죽었… 으려나.'

지난 세월을 헤아려 본 염세악은 그런 생각이 들었다.

당시 화산칠검의 합공 아래 무릎을 꿇었을 때, 한호의 나이가 칠순 즈음이라고 들었다.

지난 세월을 보태면 구순의 나이일 테니 살아 있다면 용한 것이고 아니면 천수를 누리고 떠난 지 한참일 터다.

"늙은이가 아직도 정신을 못 차렸군. 천살마군이라는 별호로 불렸다지? 네 이놈! 아직도 네가 대마두인 줄 아느냐!"

상념을 일깨우는 차가운 목소리에 염세악의 흐리멍덩하던 눈동자가 제 빛을 찾았다.

아무리 무기력해졌다 해도 젊은 놈이 이놈 저놈 하는 소리가 곱게 들릴 리 없다.

한창 무림을 휘저을 때를 떠올리면 눈앞의 녀석은 마빡에 피도 안 마른 애송이였을 터.

"섣부른 짓을 했다가는 단칼에 목을 자를 것이니 그리 알도록."

"……."

염세악은 제멋대로 위협을 가하곤 냉큼 뒤돌아서 좌선에 드는 장헌을 보며 헛웃음이 나올 뻔했다.

내공은커녕 근력도 없는 몸으로 무슨 섣부른 짓을 할 수 있단 말인가.

보아하니 눈빛이 매섭고 절도가 있으나 세상 물정에 때가 타지 않은 말코 나부랭이라는 것을 한눈에 알 수 있었다.

'일대제자라면 매화검수로군.'

화산파 일대제자는 매화검수로도 불린다. 일대제자 매화검수는 세월을 타고 그만큼 밥을 축냈다고 당연히 대우받을 수 있는 것이 아니다.

화산파의 항렬과 승급의 엄격함은 바깥세상에서도 유명하니까.

'아직도 내가 무서운가?'

염세악은 이십 년이란 세월을 가둬두고서도 자신을 감시하기 위해 운검에 이어 매화검수를 보내자 피식 웃었다.

웃음은 자신을 무시하는 화산파를 비웃는 것이요, 아직도 자신을 두려워하고 있음에 천살마군 염세악이란 자부심이 잠깐이나마 답답한 가슴에 한줄기 통쾌함을 가져다줘서이다.

염세악은 이러한 마음이 스스로를 위안코자 하는 유치한 마음의 발로임을 알고 있으나 애써 이를 모른 척했다.

어쨌든 매화검수가 온 것은 사실이니까.

장헌은 운검과 달리 염세악에게 관심조차 없었다.

당연히 실랑이를 벌일 일도 없거니와 무슨 계도를 일삼겠다고 경전 따위를 읽어주지도 않으니 차라리 염세악은 운검과 지낼 때보다 훨씬 편했다.

장헌이 하는 일이라곤 때가 되면 염세악에게 끼니를 챙겨주는 것뿐이었다.

그나마도 귀찮다는 표정을 노골적으로 지으며 밥그릇과 물그릇을 쇠말뚝 사이로 아무렇게나 집어 던지기 일쑤라 실로 오랜만에 염세악의 신경을 긁기는 했다.

피곤한 운검보다야 마음은 편해졌지만 장헌으로 바뀌면서 마냥 다 좋은 것만은 아니었다.

생각지도 못하게 염세악을 괴롭힌 건 장헌이 화산의 검법을 수련하는 동안이었다.

장헌은 마땅히 할 일이 없다 보니 토굴 밖에서 화산파 검법을 수련하는 데 많은 시간을 할애했다.

다 늙은 운검이야 애써 몸을 움직여 수련할 필요가 없으니 그럴 일도 없었지만 한창 혈기 방장한 장헌이다.

하지만 무공을 잃고 영어의 몸이 된 염세악에게 칼바람을 일으키고 검기가 땅거죽을 헤집는 장헌의 모습은 지난 몇 년 동안 애써 잊어온 고통과 박탈감을 다시 찾아주기에 차고 넘쳤다.

염세악은 보지 않으려 애썼지만 귀로 들리는 것을 막을 수 없었고, 결국 어느 순간 그의 눈은 장헌을 바라보고 있었다.

장헌이 검법을 수련할 때마다 염세악은 쇠말뚝을 두 손으로 붙든 채 하염없이 지켜봤다.

맹호처럼 날래고 용맹한 모습을, 질풍처럼 날아가고 꽃잎처럼 나부끼는 표홀함을, 장쾌한 기합이 하늘을 가르고 검기가 땅거죽을 가르는 것을.

넋을 놓고 볼 때마다 수련을 마친 장헌은 그런 염세악을 멀시 어린 눈빛으로 비웃었다.

염세악은 그 눈빛에 모멸감과 자괴감으로 몸서리를 쳤지만 장헌이 검법을 수련할 때마다 의지를 배반하고 매번 눈이 갔다.

무공을 포기했지만 힘에 대한 열망은 이십 년이 지나 호호백발의 환갑에 이르고도 조금도 쇠하지 않은 것이다.

* * *

장헌은 운검처럼 그리 오래 있지 않았다.

불과 삼 년쯤 흘렀을까.

이제 갓 이십이 되었을 법한 앳된 청년과 교대한 것이다.

염세악에겐 짧은 시간이었지만 장헌에겐 숫제 삼십 년의 세월이었던 듯 온갖 후련한 표정은 다 지으며 염세악에게 말은커녕 눈길 한 번 주지 않고 냉큼 떠나갔다.

"전 고완청이라 합니다."

청년 도사는 그래도 장헌보다는 싹수가 있어 염세악에게 최소한의 예의는 갖췄다.

하지만 염세악에 대해서는 단단히 주의를 받았는지 좀처럼 가까이 오는 일이 없고 토굴에 갇혀 있는 늙은이가 무서우면 얼마나 무섭다고 항상 멀찍이 떨어져서 경계했다.

염세악은 염세악대로 마지막 구겨진 자존심에 기분이 상했다.

감히 자신 천살마군을 가둬놓은 곳에 저리 솜털도 가시지 않은 애송이를 보냈다는 사실에 참을 수 없는 모욕을 느꼈기 때문이다.

그 와중에 고완청은 장헌과 달리 일정한 시간이 되면 도가의 구절을 주절주절 읊어댔다.

딱딱 시간을 지켜서 건성으로 나불대는 것을 보니 위에서 시켜서 하는 모양이다.

장헌과는 달랐지만 염세악은 고완청의 이런 행동을 삐딱하게 받아들였다.

'딱 봐도 융통성이라곤 염소 똥만큼도 없는 앞뒤 꽉 막힌 놈이군.'

고완청은 말수가 적었다. 장헌처럼 무공 수련도 하지 않아 염세악에겐 따분함이 짜증으로 변할 정도로 무료한 일상이 지속됐다.

참다못해 최초로 염세악이 고완청에게 한마디 말을 걸었더니 벼락이라도 맞은 양 화들짝 놀라서는 사흘 동안 근처에도 오지 않으며 밥도 주지 않았다.

염세악은 부글거리는 화에 머리 뚜껑이 열릴 지경이었지만 사흘 만에 목구멍으로 넘어가는 밥과 찬에 다시는 녀석에게 말을 걸지 않으리라 몇 번이나 다짐했다.

그리고 그런 자신을 돌아보며 염세악은 하마터면 눈물을 쏟을 뻔했다.

고완청은 앞선 장헌보다 훨씬 오랜 기간을 염세악과 보냈다.

무려 십 년의 세월을 말이다.

스물의 나이에 와서 서른이 될 때까지 있었으니 청춘을 헛되이 보낸 것이나 다름없다.

세월이 흐르면서 어수룩하고 말수가 적었던 고완청의 성격은 판이하게 변해갔다.

청춘을 썩히고 무공도 수련하지 못해 자연스레 화산파 문중에서 도태됐다는 것을 뒤늦게 깨달은 고완청은 점점 염세악에게 짜증을 부리는 날이 많아지고 나중에는 이 모든 게 늙은이 때문이라며 온갖 악담과 저주를 퍼부었다.

반평생을 갇힌 채로 보낸 염세악으로선 헛웃음이 절로 나왔다.

겨우 십 년을 가지고, 그것도 육신이 억압당하고 구속된 것도 아닌 주제에 실로 기가 막힐 노릇이었다.

그러나 염세악은 묵묵히 고완청의 패악을 받아들였다.

오죽하면 그럴까 싶은 심사를 가장 잘 안다면 그건 바로 염세악 그 자신일 것이기에.

하지만 그런 고완청도 서른이 넘자 염세악에게 이별을 고했다.

그러면서 염세악을 측은한 눈길로 바라봤다.

말은 하지 않았지만 그 눈길이 의미하는 바를 모르지 않기에 염세악은 기가 차면서도 심사가 울적해지는 것을 어쩔 수 없었다.

그리고 새로운 인물이 왔다.

*　　*　　*

"할아버지는 누구세요?"

"……."

염세악은 충격 받은 표정으로 쇠말뚝 너머의 소년을 쳐다봤다.

"내가… 누구냐고?"

육신이 먼지처럼 흩어지고 자신을 지탱해 온 모든 것이 와르르 무너지는 것 같았다.

초롱초롱한 눈으로 자신을 쳐다보는 소년을 향해 염세악은 외쳤다.

나는 염세악이다! 천살마군 염세악!

온 천하가 두려워한 존재이며 무림을 호령한 대마두!

무림 최강 검신 한호도 힘에 부쳐 여럿이서 함께 싸워 가둔 염세악이란 말이다!

"할아버지?"

소년은 아무 말도 않고 멍한 눈으로 자신을 쳐다보는 염세악을 향해 손을 흔들었다.

염세악의 눈빛이 탁해지며 회색빛으로 물들어갔다.

천하를 질타했던 찬란한 과거도,

무공이 전폐되고 심줄이 끊겨 폐인이 되던 날,

증오와 복수심으로 악에 받쳐 발악한 세월,

그 모든 것이 쓸모없는 돌멩이처럼 덧없어졌다.

화산파 장문인도 자신을 두려워해 이십 년 세월을 머물며 감시했고, 그 뒤로도 매화검수를 보내 경계했으며, 영기 발랄한 청년 도사는 두 번 다시 오지 않을 청춘의 십 년 세월을 자신을 감시하기 위해 흘려보냈다.

'나는 염세악이다. 천살마군 염세악.'

마음속 깊은 곳에서 발악하듯 외쳐보지만 부질없는 메아리가 되어 사그라졌다.

삼십 년의 세월이 덧없이 지나고 난 뒤, 어린 소년은 자신에게 누구냐고 묻는다.

왜 이곳에 왔는지도 모르는 것이다.

저 산 너머에 있는 화산파에서 보냈을 터인데, 염세악이 누구인지도 말해주지 않은 것이다.

거기다 솜털이 뽀송뽀송한 이리 어린 소년을 보내다니.

'나는 무엇을 위해 갇힌 몸으로 그 오랜 세월을 악착같이 버티며 살아왔던가.'

문득 생각하니 벌써 칠순이다.

염세악의 늙어 자글자글해진 주름진 눈가에서 투명한 이슬이 맺혀 메마른 뺨을 타고 흘러내렸다.

소년은 염세악이 멍하니 자신을 쳐다보기만 할 뿐 대꾸도 하지 않는 모습에 무안해하다가 그가 눈물을 흘리자 그만 깜짝 놀랐다.

화산파의 높으신 도사들만큼 백발이 성성한 염세악이 이토록 두꺼운 쇠말뚝으로 입구가 막혀 사는 것을 보아 무슨 사연이 있겠거니 얼추 짐작은 했다.

괜스레 숙연해진 소년은 조용히 물러나 그가 혼자 있도록 내버려 두었다.

어린 제 딴에는 염세악을 배려한다고 그리 행동한 것이다.

쇠말뚝 사이의 바깥을 보는 염세악의 눈에 공허함이 감돌았다.

'할아버지는 누구세요?'

소년의 말이 천둥처럼 머리를 내려치고 귓가를 맴돌았다.

세상은 이미 염세악을 잊었다.

만사가 무의미해졌다.

폐인이 된 몰골로 감옥에 갇힌 서러움과 무력함 같은 감정의 찌꺼기 따위가 아니었다.

'뭐 때문에 이때까지 버티며 목숨을 연명했던가.'

힘을 되찾기 위해서? 되찾은들 무엇하리. 나를 아는 자는 이미 세상에 없을진대.

무공을 회복해 힘을 되찾겠다는 집착과 탐욕이 덧없이 멀어져 갔다.

'날 이렇게 만든 놈들에게 복수를 위해?'

증오와 복수심은 누군가를 미워해서이다. 그 누군가는 이제 없다.

한호도 죽었을 것이고, 운검도 죽었을 것이다.

염세악을 아는 사람이 세상에 없는데 누굴 증오하고 누구에게 복수한단 말인가.

복수심에서 비롯된 증오와 성냄도 부질없이 멀어져 간다.

옷을 훌훌 벗듯 다 떠나고 나니 할 것도, 이룰 것도, 바랄 것도 없어져 버렸다.

염세악의 눈이 토굴 사이로 비치는 하늘을 쳐다보았다.

청명한 하늘에 흰 구름이 말없이 떠내려가고 있다.

'나도 저리 흘러가는구나. 세월과 함께.'

뜬금없이 운검의 모습이 떠올랐다.

그를 회상할 만큼 별 친분 관계가 있는 것도 아니거늘.

뜻도 알 수 없는 운검의 시답잖은 도경을 읊는 소리가 수십, 수백의 목소리로 겹쳐져 머릿속을 어지럽혔다.

그 속에서 그나마 알아들을 법한 몇 마디 말이 조금씩 선명해졌다.

'…그대가 왜 이런 신세가 되었다고 생각하나? 바로 세상과 그 세상의 사람들과 불화하였기 때문이네.'

들은 기억이 없는데 방금 들은 것처럼 또렷하게 뇌리를 파고든다.

'불화는 조화롭지 못하다는 것, 세상과 조화를 이루시게.'

조화?

'조화란 남이 먼저가 아니라 나 자신과 먼저 통해야 하는 것일세. 자네 자신과 화해하고 자네 스스로를 용서하게.'

염세악이 운검의 말을 곱씹다 말고 고개를 숙여 배꼽 언저리를 바라봤다.

'이건 또 무슨 조화인가.'

아무런 전조도 없이 갑자기 배꼽 아래의 단전에 따뜻한 온기가 돌았다.

그것이 뭔지 염세악이 모를 리 없다.

삼십 년의 세월 동안 그토록 염원했던 내공.

하지만 염세악은 그마저도 강 건너 불구경하듯 무심히 지켜봤다.

모든 것이 세월 속에 흘러가고 흩어지고 사라져 버렸는데 무얼 하겠는가.

나이도 칠십이 넘었다.

혈기 방장한 청춘도 아니고 야망을 품고 뜻을 이룰 장년의 나이도 아니다.

이제 와서 힘을 되찾은들 무엇을 할 마음도 하고 싶은 것도 없다.

평생의 반은 이미 천하를 종횡무진 누볐고, 반은 또 갇힌 영어의 몸으로 보냈다.

칠십 년이란 세월은 그저 손가락으로 꼽아서 헤아려지는 시간이 아니질 않은가.

한세월 다 보낸 염세악에게 뭔가를 하기보다는 정리할 시간이었다.

그러나 염세악의 그런 심정과 달리 미미한 온기가 돌던 단전은 그 따뜻함이 더욱 뚜렷해지더니 이내 태동하는 생명처럼 기지개를 켜며 사지 백해로 뻗어 나갔다.

고통 따위는 없었다.

마치 가뭄으로 쩍쩍 갈라진 땅거죽을 적시듯 시원함을 선사하며 스며들던 따뜻한 물줄기는 이내 힘찬 물줄기가 되어 갈라지고 상처 난 경락을 이어가며 묵은 찌꺼기를 씻어냈다.

물이 차 사시사철 시큰거리던 손목과 발목도 따뜻한 온기가 돌더니 정상으로 돌아오며 끊어진 심줄이 거짓말처럼 온전해졌다.

머릿속에 시원한 물줄기가 쏟아지는 느낌이 돌더니 정력(定力)이 꿈틀거리며 두정이 열리고 하늘로 향했다.

염세악의 눈에 밤하늘의 별이 반짝이듯 수많은 빛이 명멸을 거듭했다.

"허!"

그 신기함에 염세악은 자신도 모르게 탄성을 터뜨렸다.

공부한 것이 마공이기에 정력이 무언지도 두정이 무언지도 모른다.

그렇기에 몸속에서 무슨 일이 벌어지든 그대로 놔두었다.

다만 평생 들은 적도 본 적도 없기에 신기할 따름이다.

머리의 시원함이 몸 안을 흐르는 뜨거움과 만나 심장에서 마주쳤다.

충돌은 없었다.

남녀가 합방을 하듯 자연스럽게 서로를 감싸 안더니 하나가 되어 심장이 더욱 힘차게 고동치도록 독려했다.

그러고도 힘이 남아도는지 전신 세맥으로 구석구석 흩어

진 그것은 뼈마디에 스며들고 주름지고 검버섯이 핀 피부 속으로 들어갔다.

염세악은 뼈마디가 금강처럼 단단해지는 것이 본능적으로 느껴졌다.

희미하던 시야가 또렷해지고 어느새 이명이 사라진 청력은 멀리 바깥세상의 소리까지 똑똑히 들렸다.

누런 이빨이 빠지고 듬성듬성하던 잇몸에서 새 이빨이 돋았다.

눈 깜짝할 사이에 검게 물든 손톱이 빠지더니 곱고 윤이 나는 새 손톱이 불쑥 자라났다.

그리고 손등 위에 지난 세월 함께해 온 주름과 검버섯이 희미해지고 있다.

그때 그저 지켜보기만 하던 염세악이 눈썹을 모으더니 이내 고개를 흔들었다.

순간 거짓말처럼 모든 것이 뚝하고 멎었다.

힘차게 꿈틀대던 기운이 화들짝 놀란 물고기처럼 펄쩍 뛰며 쏜살같이 도망가 몸속 깊은 곳으로 숨어들었다.

달리 기쁘거나 들뜨지는 않았다. 그렇다고 나쁜 것도 아니다.

무슨 이유인지는 몰라도 잃어버린 무공이 회복되는 것을 애써 거부할 생각은 없었다.

그래서 그저 지켜보기만 했다.

적어도 눈과 귀가 밝아져 불편함이 사라진 건 나쁘지 않았으니까.

하지만 주름과 검버섯이 사라지는 것을 보자 불현듯 거부감이 들었다.

몸에 일어난 이 해괴한 기사의 끝이 어디일지는 몰라도 지난 세월의 증거이자 그 고단함을 함께해 온 주름과 검버섯이 사라지는 것은 원하지 않았다.

그건 지금의 자신을 부정하는 것이 될지도 모르는 일이기에.

훌훌 다 벗어던지고 놓아버린 것을 다시 주워 입고 쫓아가 붙들까 두려운 마음도 들었다.

"하아……!"

염세악은 긴 한숨을 토해냈다.

그는 몸의 느낌이 이상하다고 생각했다.

마치 혼백이라도 된 듯 허공에 둥실 떠 있는 것 같기도 하고 눈을 빼고는 몸이 사라진 것 같기도 하고.

그저 가볍다는 말로 표현하기엔 뭔가 부족했다.

염세악은 무공을 회복하고 그런 와중에 신비스런 현상을 경험한 것을 두고 그 감흥을 짧게 뇌까렸다.

"세상 참……."

*　*　*

"진무요. 장진무."

이름이 뭐냐고 물었더니 그게 뭐 그리 좋다고 활짝 웃으며 대답한다.

"좋구나."

염세악은 자신도 모르게 뇌까리며 빙그레 웃다가 심중에 가벼운 파문이 일었다.

누군가 웃는 얼굴을 보는 것도 실로 수십 년 만이요, 자신이 웃는 것도 또한 그러했다.

"나이가 몇이냐?"

"열넷이요."

염세악의 허옇게 센 눈썹이 가운데로 몰렸다.

열넷치고는 체구가 많이 작았다. 기껏 많이 쳐줘도 열에서 열한 살 정도로밖에 보이지 않았기 때문이다.

'매정한 말코 놈들 같으니라고. 저리 어린 아이더러 어찌 이 외지고 험한 곳에서 혼자 지내라고…….'

염세악은 화산파도 기운이 다했구나 생각하며 혀를 찼다.

그리고 어린 장진무를 측은히 여겼다.

운검부터 시작해 장헌의 뒤를 이어 고완청의 대까지는 화산파에서 꼬박 먹을 것과 옷가지를 챙겨서 올려 보내곤 했는데 장진무에 이르러선 아예 그조차도 없었다.

때문에 진무는 그 작은 체구로 험한 산을 며칠에 한 번씩 오르내리며 받아오곤 했다.

그렇게 한 번씩 산을 내려갔다 올라오면 장진무는 육신이 곤죽이 되어 널브러졌다.

장정도 쉬이 오르기 어려운 산을 하루에 오가야 하니 얼마나 힘들겠는가.

이 때문에 염세악은 진무에게 밥을 건네받을 때마다 매번 미안하고 측은했다.

뭐라도 도와주고 싶었지만 무엇을 도와줄 수 있을까 하고 생각해 보면 막상 떠오르는 것은 없었고 보답을 하고 싶어도 딱히 줄 것도 없었다.

어느 날 염세악은 진무가 눈을 감은 채 도경을 읊조리는 것을 물끄러미 지켜봤다.

"본래 생사가 없고 생사가 없으니… 음, 음, 형체도 없으며 형체가 없으니 기라는 것도 없다."

조막만 한 입술을 오므리며 더듬더듬 외우는 모습을 보며 염세악은 실소를 했다.

마빡에 젖비린내도 가시지 않은 것이 도사랍시고 책도 없이 도사 냄새 풀풀 풍기며 뜬구름 잡는 소리를 내는 것이 웃졌다.

"…기는 마음을 비워서 사물을 기다리는 것이요, 오직 도는… 도는… 에… 마음을 비운 곳에 모이니 마음을 비우는 것이 심재니라."

"……."

염세악이 고개를 삐딱하니 기울여 진무가 하는 꼴을 보다 귀를 후비며 말했다.

"흠흠! 이놈아."

"예?"

도경을 읊던 진무가 눈을 뜨며 염세악을 쳐다봤다.

"너 방금 전에 읊어대던 말이 무슨 뜻이냐?"

"……."

"몰라?"

염세악의 물음에 진무가 부끄러운 듯 머리를 긁적이며 어색하니 배시시 웃었다.

"허! 쯧쯧!"

염세악이 혀를 차자 진무가 변명하듯 작아진 목소리로 말했다.

"뜻, 뜻을 몰라도 공부를 게을리 하지 않으면 저, 저절로 깨친대요."

"어이구!"

염세악이 이마를 짚으며 고개를 흔들었다.

'하여간 도사 나부랭이 놈들이란! 저따위 소리를 가르친답시고 애한테 지껄여?'

"이놈아, 공부를 해도 알아들을 수 있는 걸 해야지, 알아듣지도 못하는 말을 달달 외워서 무엇해?"

"하지만 이 구절들은 현문정종의 상청비록(上淸秘錄)으로 아주 진귀한 보물인 걸요?"

대꾸하는 진무의 표정에는 자부심이 가득했다. 표정만 보면 내일이라도 우화등선할 기세다.

염세악이 헛웃음을 흘리며 혀를 찼다.

"쯧쯧! 이놈아, 발에 맞추어 신발을 신어야지 보기 좋은 신발을 골라놓고 발을 깎을 셈이냐?"

가벼운 꾸짖음에 진무가 얼굴을 발갛게 물들였다.

하지만 그러면서도 진무는 염세악의 말이 평소 이해하기 어려운 말로 가르침을 내리는 사형들이나 사숙, 사백보다 더 쉽게 다가와 뇌리에 박혔다.

"남 따라 하다 가랑이가 찢어진다는 말도 몰라? 걸을 수 있을 만큼 다리를 벌려서 걸어가야지 가랑이를 이만큼 벌리고서 어떻게 앞으로 걸어가?"

염세악이 다리를 좌우로 쭉 찢어 우스꽝스러운 모습을 보이며 말하자 진무가 킥킥거리며 웃었다.

그러다 진무가 갑자기 웃음을 멈추며 '엇?' 하는 소리를 냈다.

예전에 이와 비슷한 가르침을 받은 적이 있는데 염세악이 알아듣기 쉽게 말해주자 그 말이 이 뜻이었음을 불현듯 깨닫게 된 것이다.

놀란 진무가 새삼스럽게 염세악을 보더니 갑자기 무릎을 꿇었다.

"얘가 왜 이래? 무릎은 왜 꿇누?"

"할아버지, 제게 가르침을 주세요."

"가르침?"

염세악은 당황했다.

뜬금없이 가르침이라니?

진무가 허리를 숙여 머리를 조아렸다.

"소손은 머리가 아둔하여 항상 사문의 가르침을 좇기가 어렵습니다. 방금 전처럼 제게 가르침을 내려주세요."

"엉?"

염세악의 입에서 희한한 소리가 나왔다.

'이게 무슨 개 풀 뜯어 먹는 소리야? 내가 뭘 가르쳐?'

"난 도사 공부 따위는 모른다."

염세악이 당황하여 대꾸하자 진무가 고개를 들어 간절한 표정으로 말했다.

"간절히 간청 드리옵니다. 도와주세요, 할아버지. 도를 깨치고자 스스로 몸을 가두시고 심산유곡에 은거하신 공부를 조금이라도 가르침 내려주세요."

"뭐?"

염세악이 황당한 표정으로 진무를 쳐다봤다.

'도를 뭐 어쨌다고? 심산유곡에 은거? 내가?'

"내가 누구인지 아느냐?"

진무가 고개를 흔들었다.

"사문에서 뭐라고 얘기 안 하든?"

"……."

"허?"

염세악은 진무가 연이는 물음에 고개를 흔들자 기가 찼다.

아무래도 안 되겠다고 생각했는지 진무가 제법 다부지게 입매를 굳히며 말했다.

"할아버지, 저도 알 건 다 알아요."

"……?"

"일선에서 은퇴하신 사문의 장로님들은 화산 곳곳에 토굴을 파서 우화등선을 위해 수양에 들어가신다는 걸. 저도 몇 번 먼발치에서 할아버지처럼 지내시는 것을 본 적이 있는 걸요?"

염세악의 표정이 오묘하게 변했다.

그로선 실로 웃어야 할지 울어야 할지 갈피를 잡을 수가 없었다.

"가르침을 내려주세요!"

쿵!

"헉?"

염세악이 깜짝 놀랐다.

진무가 결연한 표정으로 바닥에 머리를 찧자 이마가 깨져 피가 흘러나왔다.

"야, 이놈아! 머리를 땅에다 왜 박아!"

"할아버지!"

"하지 마—! 하지 말라니까—! 알았다! 알았어! 한다니까!"

기겁한 염세악의 고함이 길게 메아리쳤다.

* * *

"무용지용(無用之用)이란 말이 있다."

"어렵습니다. 쓸모없는 것이 어찌 쓸모가 있습니까?"

진무의 반문에 염세악이 빙그레 웃었다.

결국 그는 진무의 가르침을 달라는 생떼에 굴복하고 말았다.

"어렵지 않다. 맹수는 인간에게 이로우냐, 해로우냐?"

"해롭습니다. 사람들을 해치니까요."

"산에 맹수가 있으면 사람이 접근하지 않는다. 그럼 사람들이 나무를 베어가지 못하지. 도가에 이르길, 소생하는 만물은 모두 소중하다고 했다지? 그럼 맹수로 인해 나무가 베이지 않으니 맹수가 해로우냐?"

"아?"

진무가 염세악의 말에 탄성을 자아냈다.

"자, 그럼 사람에게 해롭기만 해 무용한 맹수는 쓸모가 없는 존재이냐?"

"아니요!"

냅다 대답하는 진무의 얼굴에 희색이 만면했다.

"녀석……."

염세악은 쇠창살 사이로 손을 내밀어 진무의 머리를 쓰다듬었다.

일세마두 염세악이 도가의 공부를 했을 리 만무하다. 하지만 운검에게 귀가 닳도록 들은 뜬구름 잡는 소리가 이십 년이요, 귓등으로 흘린 고완청과의 세월도 십 년이다.

서당 개 삼 년이면 풍월을 읊는다는 소리가 괜히 나온 것이 아니다.

아무것도 하지 않은 장헌이나 의무적으로 도경을 줄줄이 읊어댄 고완청과 달리 운검은 염세악을 개심시키고자 꽤 공을 들였다.

어려운 도가의 구절을 그가 이해할 리 없기에 쉬운 말로 설하고 재미있는 일화를 곁들이기도 했다.

그런 운검의 노력이 수십 년의 세월을 건너뛰어 어린 장진무에게 전해지고 있었다.

'세상 참…….'

염세악은 세상일은 알다가도 모르겠다고 생각했다.

누가 생각이나 했겠는가.

화산파의 가르침이 무림공적 절세마두인 천살마군의 입을 통해서 화산파의 동량에게 전해질 줄을.

"저도 나중에 화산파의 이름을 드높일 훌륭한 도사가 될 수 있을까요?"

문득 진무가 물었다.

"왜 그런 생각을 하누?"

"……."

진무가 시무룩하니 대답이 없다.

염세악은 어린 진무의 얼굴에 지난날 고완청이 십 년의 청춘을 허비하며 비탄에 잠겼던 표정이 겹쳐졌다.

사문의 무관심과 동기들보다 뒤처지고 종국에는 도태되고 말 것이라는 절망감.

'어린것이 거기까지는 생각하지 못하겠지만 서러움은 있

겠지.'

"진무야."

"예, 할아버지."

"넌 아직 어리니라. 참고 인내하고 열심히 공부하면 네 소원이 이루어질 것이야."

염세악이 위로하는 말을 건넸지만 진무는 고개를 흔들었다.

"전 아직까지 도명도 받지 못했는걸요. 재주가 뛰어난 동기들은 사부가 정해져 적제자로 들어가고 큰 도관에 배속돼 함께 절기도 익혀요. 하지만 전 그럴 기회도 없었어요. 사형들도 제 이름을 잘 모르는 걸요."

"……."

염세악은 진무의 말에 쉬이 대꾸하지 못했다.

세상의 불공평함이 어린것에게까지 미치고 있는 것이다. 하지만 그것이 세상 돌아가는 이치임을 어쩌겠는가.

'지금 내가 무공을 회복했으니 차라리 이 녀석에게 천살마공을 전수해 줄까?

하지만 이내 염세악은 고개를 절레절레 흔들었다.

화산파 제자인 진무가 마공을 익혔다가 발각되는 날에는 끝장이다. 거기다 진무가 들키지 않고 마공을 연성할 수 있다는 보장도 없지 않은가.

다른 그 무엇보다도 염세악 스스로가 진무에게 마공 중의 마공인 천살마공을 전수하고 싶지 않았다.

저리 심성이 착하고 여린 녀석에게 마공을 전수시켜 사람들로부터 지탄받고 평생을 세상과 불화해야 할 불행한 삶을 안겨주고 싶지 않았다.

'내가 나이가 들어 노망이 났구나.'

제풀에 화들짝해서 머릿속을 싹 지운 염세악이 무슨 말을 해줄까 곰곰이 생각하다 입을 열었다.

"보물이 왜 보물인지 아느냐?"

진무가 도리질을 쳤다.

"금은보석이 길가에 돌멩이처럼 흔하더냐?"

"아니요."

"그렇지. 본디 귀한 것은 사람들 눈에 잘 보이지 않는단다. 너를 알아주는 사람이 드문 것은 그만큼 네가 귀하기 때문이야."

염세악의 말에 진무가 고개를 들어 그를 쳐다봤다.

"칼은 숫돌을 기다려야 날카로워지고, 큰 언덕과 높은 산도 낮은 땅에서부터 시작해 쌓아 올라 솟아난 것이란다."

"할아버지!"

진무는 감격해 벌떡 일어나 염세악에게 절을 올렸다.

그러면서 생각했다.

과연 이 은거한 사문의 고인은 보통 분이 아니라고.

어쩌면 이리도 하시는 말씀마다 깊은 도리가 담겨져 있는지.

'태산보다 높으시고 하늘보다 큰 분이시다.'

염세악이 말했다.

"불안해하지도 슬퍼하지도 마라. 염원하고 꿈꾸며 그것을 이루고자 노력하면 되는 것이야."

"도가의 가르침에 꿈은 덧없고 물거품 같은 쓸모없는 망상이라고 했는걸요."

"아니다."

염세악은 단호하게 고개를 저었다.

"꿈은 희망이고 염원이다. 꿈을 꿔야 그걸 이루기 위해 열심히 살 것이고, 긴 삶의 행로에 즐거움을 줄 것이다. 꿈이 망상에 불과하다면 무엇을 위해 산단 말이냐?"

진무가 힘차게 고개를 끄덕였다.

염세악의 마지막 말은 어린 진무에게 이후 평생의 좌우명으로 삼을 만큼 마음속 깊이 아로새겨졌다.

* * *

"오늘은 닷새 만이로구나."

"죄송해요, 할아버지."

진무가 잔뜩 미안한 얼굴로 고개를 들지 못했다.

"배고프셨지요?"

진무가 산을 내려갔다가 한짐을 짊어지고 온 보퉁이에서 이것저것을 꺼내놓았다.

그래 봤자 제일 좋은 것이 떡이요, 나머지는 주먹밥이나 나물 반찬이 전부였지만.

하지만 그것만도 진무에겐 힘든 일이었다. 맨몸으로 산을 오르내리는 것도 쉽지 않은 일인데 이것저것 챙겨서 지고 오르는 것이 쉽겠는가.

염세악에겐 오히려 부담스러울 정도로 미안할 따름이다.

하지만 염세악이 신경 쓰고 진무가 미안해하는 것은 그것이 아니었다.

진무가 식생활에 필요한 것들을 화산파에 들러 가지러 다녀오는 간격이 점점 길어지고 있다는 것.

처음에는 그날그날 다녀오더니 어느 날부턴가 하루걸러 이튿날 오더니 점점 화산파로 내려갔다가 다시 돌아오는 터울이 길어지고 있었다.

진무는 미안해하면서도 이유를 말하지 않았다.

염세악은 굳이 묻지 않았지만 미루어 짐작은 했다.

수십 년 전의 대마두를 가둔 곳에 일개 소년을 보냈다.

진무는 누군지도 모르고 뭘 해야 하는지도 언질을 받지 않은 채 기거한다.

어렵지 않게 추측할 수 있었다.

천살마군 염세악은 더 이상 작금의 화산파에선 중요한 사안이 아니라는 것을.

아니, 소홀히 하는 것이 아니라 잊었다는 것을.

"죄송해요."

"아니다. 신경 쓸 것 없다."

이번엔 진무가 열흘도 더 있다가 돌아왔다.

"몸은 괜찮으세요? 먹을 것은요?"

염세악은 눈물로 그렁그렁해진 진무를 보며 가슴이 아팠다.

무려 열하루다.

여린 진무의 성격으로 열흘이 넘도록 못 왔으니 그 노심초사함이 오죽했을까.

염세악은 무공을 회복한 후 식음을 전폐해도 기력이 쇠해지진 않았다.

이미 대자연의 기운과 몸속을 운행하는 공력만으로도 양생할 수 있는 경지였기 때문이다.

하지만 이를 모르는 진무는 왈칵 눈물을 쏟으며 미안하고 또 미안해했다.

"바람이 차구나. 한바탕 비라도 쏟아지려는 모양이야."

"정말요?"

밤이 되자 어두운 하늘을 보던 염세악의 말에 진무가 고개를 갸웃했다.

별빛도 또렷하고 달도 휘황하니 밝은데 비가 온다는 말이 쉬이 믿기지 않는 눈치다.

"할아버지."

염세악이 누워 있다가 쇠말뚝 사이로 밖의 진무를 쳐다봤다.

진무의 목소리에 평소와 달리 주저함이 가득한 걸 느꼈다.

"남천관(南天觀)에서 절 데려가겠대요."

"……?"

"절 좋게 보셨는지 본산에서 남천관의 제자로 배속됐다고……."

"…잘됐구나."

염세악은 진무가 화산파에서 눈에 띄었다는 것에 기뻤다.

진심으로.

하지만 그것은 둘의 이별을 뜻하기도 했다.

"그럼 빨리 그리로 가야지 이리 여기 있으면 어째?"

마음에도 없는 말이 염세악의 입에서 나왔다.

"조금만 시간을 달라고 부탁을……."

진무가 말끝을 흐리자 염세악은 긴 한숨을 내쉬었다. 진무의 착한 마음을 왜 모르겠는가마는 저리 여려서 어찌 버틸까 싶었다.

'세상살이가 도사 나부랭이들이라고 다르진 않을 텐데…….'

걱정이다.

어렵게 소망하던 한 가닥 희망을 붙잡았는데 착하고 올곧은 심성 탓에 손해를 볼까 봐.

"남들보다 열심히 해야 하느니라."

"예."

"남들보다 일찍 일어나고 더 늦게 자야 해."

"예."

꼬박꼬박 대답은 하지만 염세악은 오히려 걱정이 눈덩이처럼 불어났다.

"곧게 자란 나무는 제일 먼저 베이고 맛이 단 우물이 빨리 마른다고 했다."

진무는 염세악의 목소리가 침중하게 가라앉자 가벼이 들을 소리가 아니라고 생각했는지 누운 자리에서 일어나 무릎을 꿇고 공경한 자세를 취했다.

"재주는 갈무리하되 겉으로 뽐내지 마라. 시기하는 자는 어디에나 있는 것이니라."

"명심하겠습니다."

"호랑이와 표범이 사냥을 당하는 것은 그 무늬로 인해 사냥꾼을 불러 모으는 탓이다."

"예."

진무는 한마디라도 잊지 않으려 정신을 집중했다.

"넌 외로움을 잘 타는 성격이니 늦게 사승의 연을 맺은 것에 고민이 많을 것이다."

"……."

"사람을 너무 경계할 필요도 없지만 애써 사귀려 할 필요도 없다. 못이 깊으면 물고기가 자라나 모여들고, 산이 무성하면 새와 짐승이 모여들며, 사람이 훌륭하면 인의가 저절로 따르게 마련이니라."

진무는 마음속의 고민을 터럭의 놓침도 없이 콕콕 집어내는 염세악의 마음 씀씀이에 가슴이 뭉클해졌다.

"절제를 잊지 마라. 할애비는 지난날 절제를 몰라 많은 후회를 남겼다. 짐승을 쫓는 자는 태산이 보이지 않고 탐욕을 쫓는 자는 시비(是非)에 어두워져 버린다. 너무 방만하여도 절제를 못한 것이요, 너무 인내해도 절제를 못한 것이다. 알겠느냐?"

"명심 또 명심하겠습니다."

고개를 조아리는 진무를 보며 염세악은 희미하게 미소를 지었다.

'그래, 또 하나의 이별일 뿐이다. 벌써 세 번이나 겪지 아니했는가.'

지금이라도 어린것이 좋은 곳으로 가 제대로 된 가르침을 받을 수 있게 됐다는 것이 다행이라고 생각했다.

그렇다. 그런 것이다.

당연히 해야 할 이별이니까.

염세악은 몇 번이고 같은 생각을 반복하며 스스로를 위로했다.

그렇게라도 하지 않으면 평생 처음 겪어보는 이 이상하고도 우울해지는 기분을 견딜 수 없을 것 같았기 때문이다.

* * *

콰르르릉! 콰광!

"진무야! 진무야!"

염세악은 쇠말뚝 사이로 손을 내밀어 곤히 자는 진무를 흔들어 깨웠다.

"할아버지?"

눈을 비비며 비몽사몽인 진무를 향해 염세악이 말했다.

"지금 바로 산을 내려가거라."

"예?"

진무가 잠이 달아난 얼굴로 어리둥절한 표정을 지었다.

밖은 어둠이 약간 가신 여명이다. 이 새벽에 산을 내려가라니?

염세악이 천둥벼락으로 번쩍이며 비를 추적추적 뿌리는 밖을 보며 말했다.

"아무래도 보통 비가 아닌 듯싶구나. 잠시 문파로 돌아가 몸을 피해 있도록 하거라."

염세악의 얼굴 위로 예사롭지 않은 그늘이 드리워졌다.

감이 좋지 않았다.

이유를 알 수 없는 본능적인 경고가 온 전신으로 신호를 보내고 있었다.

"하지만 비가 좀 온다고 피신을 한다는 건 좀……."

우르르릉!

천둥소리가 더욱 격렬해지며 내리는 빗줄기가 점점 거세졌다.

이를 본 염세악이 역정을 냈다.

"어허? 어서 내려가래두!"

"할아버지……."

이대로 내려가면 끝이다. 영영 이별이라 언제 다시 볼 수 있을지 기약할 수 없다.

진무는 며칠을 두고 충분히 이별을 받아들이려 했다. 그런데 이렇게 느닷없는 이별이 닥치자 발이 떨어지지 않았다.

하지만 염세악이 전에 없이 고리눈을 하고 서둘러 산을 내려가라 종용하니 진무도 어쩔 도리가 없었다.

"어서 서둘러라. 그리고 조심해서 내려가고."

"…예."

시무룩해진 진무가 염세악에게 꾸벅 절을 올렸다.

염세악은 한시라도 빨리 진무가 떠나기를 바라는 마음에 별다른 말을 하지 않고 연방 가라는 손짓을 했다.

"휴우……."

우중에 점이 되어 사라진 진무를 보며 염세악이 긴 한숨을 내뿜었다.

서둘러 보내기는 했지만 무사히 산을 잘 내려가야 할 텐데 하는 걱정이 앞섰기 때문이다.

'잘 가거라. 조심히 내려가야 한다.'

회색빛 먹구름으로 뒤덮인 하늘을 바라보는 염세악의 눈이 우울한 빛으로 물들어갔다.

*　　*　　*

쏴아아아아아아!

비는 좀처럼 그치질 않고 쉴 새 없이 쏟아부었다.

장대비가 쏟아지길 팔 일째를 넘어서자 천하의 염세악도 바짝 긴장하며 밖으로부터 눈을 떼지 못했다.

땅거죽이 모래처럼 쓸려 내려가고 숨은 돌과 바위들이 모습을 드러내며 단단하던 토굴 안쪽까지 땅이 진흙처럼 물러지고 있었던 탓이다.

쿠르르릉! 쿠쿵!

염세악의 눈이 가늘게 변하며 침중하니 가라앉았다.

토굴 밖으로 집채만 한 바위 두 개가 산 위쪽에서 떨어져 산 아래로 데굴데굴 굴러가고 있었다.

첨벙!

염세악은 바닥을 짚은 손이 어느새 찰랑이는 물로 손목까지 올라온 것을 보며 흠칫했다.

토굴 안까지 물이 차 들어오기 시작했으니 곧 산사태가 일어날 것이다.

쩌저적!

"……!"

머리 위에서 들려오는 불길한 소리에 고개를 들어 토굴 천장을 바라봤다.

금이 가고 있었다. 그리고 그 사이로 흙탕물이 쏟아져 내리며 염세악의 얼굴을 적셨다.

염세악은 손을 들어 갈라진 틈을 막았다.

하지만 손바닥으로 어찌 무너져 내리는 자연의 이치를 거스를 수 있으랴.

흙탕물로 더러워진 눈을 훔치며 염세악이 쇠말뚝에 가로막힌 토굴 입구를 응시했다.

"……."

문득 염세악은 나이 칠십을 넘긴 마당에 살아보겠다고 아등거리는 자신의 꼴이 우스워졌다.

'욕심이지, 욕심이야.'

여기서 죽나 나가서 죽을 날을 기다리나 무슨 차이가 있을까 싶었다.

좀 더 일찍 고단했던 삶을 정리하는 것일 뿐이다.

그런 것이다.

복수는 영원히 할 수 없게 됐고, 염원하던 무공도 되찾아 잠깐이나마 한을 풀었다.

짧은 인연이나마 손자 같은 진무와도 알콩달콩 기쁨을 누렸지만 그조차도 이별하지 않았던가.

'나가 봐야 아는 사람도 없고…….'

염세악은 동굴 천장을 막고 있던 손을 거뒀다.

막혔던 길이 뚫리자 흙탕물이 염세악의 머리에서부터 타

고 흘러내려 몸을 덮어갔다.

염세악은 좌정한 채 수도한 도사처럼 고요히 눈을 감았다.

쿠르르르릉!

천장의 흙이 마구 떨어져 내리며 순식간에 토굴 전체가 무너져 내렸다.

쏟아지는 토사에 염세악의 모습이 파묻히고 입구의 쇠말뚝까지 밀려 나와 토굴의 흔적이 점차 지워져 갔다.

우지끈! 꽈릉!

토굴 위쪽의 산등이 움푹 들어가며 토굴 안쪽을 집어삼키고도 모자라 토사가 토굴 밖으로 쏟아져 강물처럼 흘러나왔다.

쏴아아아아!

그때,

퍼— 억!

토사를 뚫고서 비쩍 마른 앙상한 주먹이 튀어나왔다.

그리고 몇 번 더듬거리던 손이 굵은 쇠말뚝을 덥석 움켜잡았다.

앙상하고 주름진 손등 위로 굵은 힘줄이 지렁이처럼 꿈틀거리며 툭 불거져 나왔다.

끼기기기기깅!

순간 움켜쥔 손이 돌아가자 팔뚝만 한 쇠말뚝이 잔뜩 비틀어 짠 빨랫감처럼 비틀리는가 싶더니 맥없이 끊어졌다.

그때 팔과 함께 염세악의 머리가 토사를 뚫고 튀어나왔다.

"푸하!"

거친 숨을 내쉰 염세악이 몸의 반이 토사에 잠긴 상황임에도 불구하고 다른 한 손으로 또 다른 쇠말뚝을 움켜잡아 힘껏 비틀었다.

끼기기깅! 텅!

두 번째 쇠말뚝이 부러져 나가자 염세악은 토사에서 하반신을 쑥 뽑아내 엉금엉금 기어서 토굴 밖으로 빠져나왔다.

염세악이 토굴 밖으로 나와 철퍼덕 주저앉자마자 토굴이 완전히 무너져 내리며 입구의 흔적조차 사라져 버렸다.

염세악은 폭우 속에서도 조금은 겸연쩍은 표정을 지으며 슬며시 주변을 두리번거렸다.

홀딱 젖은 추레한 몰골로 염세악이 중얼거렸다.

"쩝. 안에서 죽나 밖에서 죽나 매한가지면 조금 늦는다고 무슨 큰 차이가 있으려구."

염세악은 죽음을 눈앞에서 두고서 불현듯 엉뚱한 생각이 뇌리를 파고들었다.

고기나 먹고 죽자!

나이를 칠십이나 처먹고 무슨 심사인지 근 사십 년 가까이 입에 대보지 못한 육식을 하고픈 마음이 불쑥 솟은 것이다.

도문인 화산파에 갇혀 지내다 보니 지난 세월 육식을 전혀 해보지 못한 것이다.

곧 죽어 혼이 뜰 상황에서도 입안에 침이 고이는 걸 자각하며 염세악은 남세스럽기 짝이 없었다.

스스로의 변덕에 도사 흉내 좀 내보려던 염세악은 보는 이가 없는데도 창피함이 몰려왔다.

"에잇!"

괜히 크게 성을 내며 자리에서 벌떡 일어난 염세악.

콰콰콰콰!

"……!"

염세악은 쏟아지는 폭우를 피하려다 반사적으로 산 위쪽을 올려다봤다.

봉우리를 떠받치는 산등성이 한 축이 통째로 무너져 내리고 있었다.

"헙?"

헛바람을 집어삼킨 염세악이 저도 모르게 뒷걸음질 쳤다.

쿠구구구궁! 우르르르!

"……!"

흡사 하늘을 울리는 천둥이 지상에 치는 듯한 착각이 일며 산 아래쪽도 무너져 내리고 있었다.

염세악은 어쩔 수 없이 땅을 박차고 허공으로 날아올랐다.

쩌저저저적! 콰콰쾅!

방금 전까지 염세악이 딛고 있던 곳과 아래쪽의 비탈길이 양쪽으로 벌어지며 시커먼 낭떠러지가 생겨나 입을 벌렸다.

그 모습을 본 염세악은 가슴 밑이 서늘해졌다.

실로 살 떨리는 대자연의 흉험함이 아닌가.

솟은 신형이 다시금 아래로 내려가는 것을 염세악은 몸을 뒤집어 방향을 튼 뒤 근처의 깎아지른 절벽을 비집고 튀어나온 나뭇가지 위에 사뿐히 내려섰다.

토굴이 자리해 있던 산은 어느새 빗물에 흙이 완전히 씻겨 내려가 나무들은 뿌리까지 모습을 드러내고 벌거벗은 산은 기암괴석의 돌산으로 변해 있다.

염세악은 산이 얼마 버티지 못할 것이라는 걸 예감했다.

'진무가 찾아올지도 모르는데…….'

반평생을 보낸 보금자리가 무너져 내리는 것을 보면서 엉뚱한 생각을 했다.

그게 또 토굴을 뚫고 기어 나온 변명거리 하나를 추가했다.

'그래, 저기서 죽어 나자빠졌으면 고 녀석이 얼마나 슬퍼했을꼬.'

염세악은 산의 반이 무너져 내리고 사람은 고사하고 짐승도 오가지 못할 만큼 변해가는 곳을 보며 세월이 흘러 땅이 소생해 길이 열리면 토굴을 다시 파놓아야겠다고 생각했다.

'나중에 짠하고 나타나면 고놈이 좋아하겠지?'

염세악은 주위를 돌아보다 북쪽으로 삐죽이 솟은 봉우리를 향해 몸을 날렸다.

새까만 하늘과 쏟아지는 빗줄기를 가르며 염세악의 신형이 아련히 멀어져 갔다.

* * *

진무는 비가 그치면 바로 다시 염세악을 찾아가려 했다.

하지만 비가 와 화산파로 돌아왔을 때 속히 남천관으로 오라는 말을 듣게 된 진무는 영문도 모른 채 한 노도인을 찾아가 예를 갖춰야 했다.

평소에는 얼굴도 마주하기 힘든 사형들이 지켜보는 앞에서 시키는 대로 절을 올리는데 엄숙한 분위기가 진무로 하여금 절로 주눅 들게 만들었다.

진무는 예 의식이 다 끝나고 사형들에게 축하를 받고 나서야 그 모든 것이 사부를 모셔 사승의 연을 맺는 과정임을 알고 깜짝 놀랐다.

진무는 사부가 될 노도인이 남천관의 관주라는 말에 다시

한 번 깜짝 놀랐다.

남천관의 관주라면 장문진인의 하나뿐인 적사제로 속세에서도 복마도인(伏魔道人)이란 별호로 불릴 만큼 명성이 자자한 화산파의 자랑이라는 말을 귀동냥으로 들어왔기 때문이다.

그저 남천관으로 배속될 줄만 알았지 이처럼 지체 높은 큰 어른의 제자가 될 줄 몰랐던 진무는 정신이 하나도 없었다.

복마도인 담청은 예순이 다 돼서도 한평생 제자를 받은 일이 일절 없었기에 진무가 그의 제자가 된 일은 화산파 내에서도 입방정을 떨 만큼 큰 화젯거리였다.

나중에야 알았지만 진무는 담청과 두어 번 마주친 적이 있었다.

다만 진무는 그때 감히 고개를 들지 못해 그를 알아보지 못한 것이고, 일생동안 후학 양성에는 관심도 없던 담청은 무슨 바람이 불었는지 진무를 눈여겨보게 된 것이다.

부러움과 시기 속에서 복마도인 담청의 독제자가 된 진무는 비가 그치자마자 뜻밖에도 하산을 하게 되었다.

담청이 진무를 데리고 수행을 하고자 남천관의 관주직을 사임한 것이다.

여덟 살 때 화산에 든 후 실로 육 년 만에 하산하게 된 진무는 마음이 싱숭생숭했다.

진무는 하늘같은 사부를 모시며 화산을 내려올 때까지도 염세악에 대해 까맣게 잊었다.

그러다 화산에서 한참이나 먼 곳에서 첫날밤을 보낼 때가 돼서야 뒤늦게 염세악을 떠올리곤 깜짝 놀랐다.

미안함과 걱정으로 지난 며칠간의 기쁨이 확 달아난 진무는 울상이 되어 스승 담청을 찾았다.

연유를 들은 담청은 심성이 착한 진무의 머리를 쓰다듬으며 빙그레 웃었다. 애초 그가 원칙을 깨고 진무를 제자로 받아들인 이유가 바로 이 같은 올곧고 착한 심성을 엿보았기 때문이다.

울며불며 화산으로 돌아가자 얘기하는 진무를 담청은 차분히 달래며 그를 다독였다.

보아하니 아마도 등선을 위해 은거한 사문의 선배 원로인 모양이라고 여겼다.

그래서 사문에서 잘 보살필 것이니 염려 말라는 말로 우는 진무를 위로했다.

진무는 담청의 위로와 다독임에도 며칠 동안 염세악의 생각만으로 머릿속이 가득했다.

하지만 시간이 점점 흘러가고 경험해 보지 못한 세속의 신기함과 그 와중에 담청의 가르침도 수련해야 하는 바쁜 강호

행에서 점자 진무의 걱정은 조금씩 옅어져 갔다.

하지만 염세악을 걱정하는 마음은 옅어져 가도 진무는 그가 걱정하여 해준 말들은 틈만 나면 추억을 떠올리듯 잊지 않으려 애썼다.

진무가 스승 담청과 함께 강호를 주유하며 수행을 마무리하고 화산으로 돌아 온 것은 칠 년이 지나서였다.

어린 진무는 어느덧 스물한 살의 헌앙한 청년 도사로 거듭났다.

강호를 주유하며 담청에게 전수받은 현천검법과 매화검법도 뛰어난 성취를 보였다. 복마도인이라는 명호로 불릴 만큼 화산파에서도 군계일학이었던 담청의 가르침은 진무를 하루가 다르게 일신하도록 이끌었다.

이 때문에 화산으로 돌아왔을 때는 진무보다 먼저 입문한 동기들마저도 훌쩍 추월해 한 배분 높은 이들과 견줄 정도로 성장했다.

진무는 화산파로 돌아오자마자 여장을 풀 사이도 없이 눈썹이 휘날리도록 염세악이 기거하던 토굴로 달려갔다.

지난 칠 년의 세월 동안 한시도 염세악을 잊지 않았기 때문이다.

무슨 일이 있었던 것인지 토굴로 가는 산허리가 동강 나 길이 끊겨 있었다.

하지만 진무는 깎아지른 단애와 단애를 마주하고도 조금도 머뭇거림 없이 경공술로 단애를 건너고 벽호유장공으로 절벽을 기어오르며 포기하지 않았다.

오히려 길이 끊겨 있다는 사실에 그만 가슴이 쿵 하고 내려앉아 염세악에 대한 걱정으로 마음이 급해졌다.

하지만 토굴 앞에 도착한 진무는 그만 바닥에 주저앉고 말았다.

산사태로 봉우리가 반쯤은 무너져 내려 지형이 바뀐 일대는 무성한 잡초와 수풀만이 가득했고 토굴은 흔적조차 보이지 않았던 것이다.

진무는 너무나 늦어버린 자신을 질책하며 목 놓아 울었다.

칠 년이란 세월이 흘렀지만 사람의 손길이 닿지 않은 주변은 산사태로 인해 벌어진 참상을 아직까지 간직한 상태였기에.

화산파로 달려가 이 사람 저 사람을 붙들고 염세악에 대해 물었지만 하나같이 금시초문인 듯 의아해하는 이들뿐이었다.

착한 진무도 이때만은 염세악에 대해 무심한 사문을 원망했다.

뒤늦게나마 진무는 염세악이 기거했던 곳에 향을 피우고 제를 올렸다.

늦게 찾아온 죄를 청하고 득도하여 선계에 들었기를 바랐다.

그리고 세월은 또 흘러갔다.

第二章

"장문인! 장문인!"

화산파 장문인이 기거하는 소요정 안에서 붓질을 하던 진무는 반백이 된 눈썹을 찌푸렸다.

"어허, 도를 닦는 자가 어찌 그리 방정을 떠는 게야."

헐레벌떡 뛰어온 일대제자 왕직은 장문인 진무의 꾸지람에 찔끔해 목을 자라처럼 움츠렸다.

"쯧쯧!"

진무가 그 모습을 보고 혀를 찼다.

유수와 같이 흐른 세월은 어느덧 진무의 귀밑머리를 하얗게 물들이며 반백의 노인으로 변모시켰다.

"송구합니다, 장문인."

"무슨 일로 소란을 피운 게냐?"

"괘월봉(卦月峰)에서 연기가 피어오르는 것이 발견됐사옵니다."

"괘월봉?"

진무가 눈썹을 모았다. 괘월봉이 어딘지 떠오르지 않았기 때문이다.

"그 왜 있지 않습니까? 수십 년 전에 폭우로 무너져서 길이 끊긴 서쪽의 산자락 말입니다."

"……!"

"요 며칠 전에 엄청난 비가 내려서 다들 걱정했는데 그때 또 그쪽에서 산사태가 일어나서 다들 여기까지 피해가 오지 않을까 걱정을 했었지요. 그런데 거긴 본 파를 통하지 않고는 사람이 오갈 수 없는데 어찌 된 일일까요? 감히 우리 화산파의 허락도 없이 외인이 침탈한 것이라면 단단히 혼찌검을 내주……."

왕직의 수다가 끝도 없이 이어지고 있는 동안 늙은 진무의 눈은 저도 모르게 서쪽 하늘을 바라보고 있었다.

"가보자꾸나."

"…예?"

왕직이 눈을 휘둥그레 치떴다.

대꾸할 틈도 없었다.

진무가 서두른 기색이 역력한 표정으로 벌써 청풍각을 벗어나고 있었기 때문이다.

화산파 장문인이 움직이니 매화검수인 일대제자들이 즉시 따라붙고 하릴없던 몇몇 도관의 관주도 뒤따라왔다.

화산파를 벗어난 진무는 멀리 보이는 괘월봉에서 피어오르는 연기가 확연히 눈에 들어왔다.

'어찌 저곳에…….'

진무는 까맣게 잊고 지낸 괘월봉을 보며 나이를 잊은 듯 가슴이 뭉클해졌다.

이제는 기억이 가물가물해 얼굴도 기억나지 않지만 어찌 그와의 추억을 잊을 수 있으랴.

장문인 진무를 따르는 일대제자들과 장로들은 이제껏 본 적이 없는 그의 붉어진 눈시울을 보며 의아해 마지않았다.

항시 물처럼 고요하고 득도한 선인처럼 탈속한 기풍이 흐르던 장문인이 이처럼 감정을 격정적으로 표출한 적이 없었기 때문이다.

괘월봉을 향해 오르던 진무는 양쪽을 마주 보고 있던 절벽 중 하나가 무너져 가파른 비탈길이 새로 만들어진 것을 발견했다.

"어? 여긴 절벽이었는데?"

"그러게. 산사태로 길이 만들어졌나 본데?"

뒤를 따르던 일대제자들이 어리둥절해하며 말을 주고받았다.

무너진 절벽을 따라 내려간 진무가 높이 솟은 마주한 절벽을 올려다보며 가볍게 땅을 박찼다.

"오!"

"과연 장문인이십니다!"

"본 파의 선학천리(仙鶴千里)가 저렇게도 가능하군!"

화산파 도사들이 탄성을 자아내며 단 한 번의 도약으로 절벽의 중간 즈음에 도달한 장문인을 쳐다봤다.

"속세에서 선광우사(仙光羽士)라는 존호로 불리시는 이유가 있는 것이지요."

팔 하나에 의지해 절벽에 매달린 진무가 수직으로 뻗은 절벽의 위쪽을 쳐다봤다.

'하지만 이 구절들은 현문정종의 상청비록(上淸秘錄)으로 아주 진귀한 보물인걸요?'

'이놈아, 발에 맞추어 신발을 신어야지 보기 좋은 신발을 골라 놓고 발을 깎을 셈이냐?'

'저도 나중에 화산파의 이름을 드높일 훌륭한 도사가 될 수 있을까요?'

'본디 귀한 것은 사람들 눈에 잘 보이지 않는단다. 너를 알아주는 사람이 드문 것은 그만큼 네가 귀하기 때문인 것이야.'

고단하고 외롭던 어린 시절 얼마나 위로가 되었던 말인가.

막막하고 불안한 시절에 그 무엇보다 마음을 따뜻하게 해준 기억이 새록새록 돋아났다.

'내가 너무 무심했구나. 무심했어. 아무리 세월이 흐르고 나이를 먹었더라도 한 번쯤은 와봤어야 하는 것인데…….'

한창때에는 견문을 넓힌다고 강호를 주유하고, 경험을 쌓은 뒤에는 사문의 일을 거들었다. 막중한 직책을 맡아 격무에 시달렸고, 그러다 보니 어느 순간 화산파를 이끄는 장문직을 수행하고 있었다.

하지만 아무리 그렇더라도 이렇게 잊고 있어서는 안 되는 것이었다.

그렇게 까맣게 잊어야 할 분이 아니었다.

"흡!"

진무가 절벽에 쑤셔 박은 손에 힘을 주며 다시 한 번 날아올랐다.

'꿈은 희망이고 염원이다. 꿈을 꿔야 그걸 이루기 위해 열심히 살 것이고, 긴 삶의 행로에 즐거움을 줄 것이다. 꿈이 망상에 불과하다면 무엇을 위해 산단 말이냐?'

'곧게 자란 나무는 제일 먼저 베이고 맛이 단 우물이 빨리 마른다고 했다.'

'재주는 갈무리하되 겉으로 뽐내지 마라. 시기하는 자는 어디에나 있는 것이니라.'

'호랑이와 표범이 사냥을 당하는 것은 그 무늬로 인해 사냥꾼을 불러 모으는 탓이다.'

'절제를 잊지 마라. 할애비는 지난날 절제를 몰라 많은 후회를 남겼다. 짐승을 쫓는 자는 태산이 보이지 않고 탐욕을 좇는 자는 시비(是非)에 어두워져 버린다. 너무 방만하여도 절제를 못한 것이요, 너무 인내해도 절제를 못한 것이다. 알겠느냐?'

진무는 저 절벽 위에 올라서면 금세라도 염세악이 두 팔을 벌려 인자한 웃음으로 맞이할 것 같았다.

'진무야, 진무야, 염치가 없구나. 이제 와서 어찌 욕심 어린 기대를 하느냐.'

진무는 쓴웃음을 지으며 고개를 흔들었다.

단애를 휘감아 스쳐 가는 바람을 뚫고 솟구친 진무의 노구가 마침내 절벽 위에 올라섰다.

"……!"

순간 앞을 바라본 진무의 얼굴이 굳어졌다.

모든 것이 황폐하게 변해 버린 과거의 그때 당시 모습이 아니었다.

산사태로 무너져 흔적도 없이 사라졌던 토굴이 그대로 있고 부드러운 양탄자처럼 땅을 덮은 풀밭도 그대로다.

그리고 생이 다해 쓰러진 나무껍질을 뚫고 새순이 돋아나고 있는 통나무에 앉아 있는 이.

햇볕을 쬐고 있는 듯 쪼그리고 앉아 부신 눈으로 하늘을 보던 이가 인기척에 고개를 돌렸다.

그를 바라보는 진무의 노안이 부르르 떨렸다.

볕을 쬐던 이가 주름진 눈을 조금 크게 뜨더니 이내 빙그레 웃었다.

"왔느냐?"

부릅떠진 진무의 노안에 불신의 빛이 어렸다.

다 해져 무릎과 팔꿈치까지 드러난 낡은 회의.

백발의 주름진 얼굴에 더없이 인자한 미소.

마치 시간이 거꾸로 돌아간 듯 그때 그대로의 모습.

육십 년 수양이 와르르 무너져 내리며 진무의 시야가 짙은 습막으로 뿌옇게 변했다.

"많이 기다렸다."

진무의 몸이 허물어졌다.

"어르신!"

*　　*　　*

염세악은 진무가 반백의 늙은이가 되어 나타났어도 한눈에 알아보았다.

주름이 자글자글한 얼굴도 앳된 옛 모습으로 비쳐지고,

놀람으로 치뜬 깊어진 눈은 과거의 선량한 눈망울이며,

백발이 성성하여 무릎을 꿇는 모습은 가르침을 달라며 매달리던 어린 진무의 모습 그대로이다.

오십 년의 시간을 건너 재회한 염세악의 눈에는 그렇게 비쳤다.

"살아… 계셨습니… 까."

진무의 질끈 감은 눈에서 주름 고랑을 타고 굵은 눈물이 하염없이 흘러내렸다.

염세악은 가슴이 뭉클했다.

죽기 전에는 만나겠지 하는 막연한 그리움과 기다림.

세상 천지에 누가 있어 자신을 위해 이처럼 눈물을 흘려 줄 수 있을까.

염세악은 자리에서 몸을 일으켰다.

그리고 엎드려 오열하는 진무를 향해 다가갔다.

염세악의 손이 격정으로 들썩이는 진무의 어깨를 어루만졌다.

"다 큰 녀석이 눈물이 이리 헤퍼서 어쩌누."

노년에 접어든 진무에게 다 큰 녀석 운운하는 것은 가당치도 않은 소리다.

하지만 염세악에겐 그랬다.

진무가 고개를 들어 염세악을 올려다봤다.

"어르신……."

염세악은 그저 웃음을 지으며 고개를 끄덕거렸다.

말하지 않아도 다 안다는 듯.

"장문인!"

"헉! 장문인?"

그때, 경지가 낮아 한참 만에 절벽을 올라온 장로들과 일대제자들이 뒤늦게 정상에 도착해서는 놀람에 찬 소리를 내질렀다.

대화산파의 장문인이 누군가 앞에 무릎을 꿇고 있으니 당연했다.

"이게 어찌 된 일입니까?"

"장문인! 대체 무슨 일입니까? 무릎을 꿇다니요!"

"장문인!"

문도들이 속속 도착하며 놀람과 어안이 벙벙한 얼굴로 저마다 떠들어대자 진무도 격동을 수습하며 자리를 털고 일어났다.

소매로 눈물을 찍은 진무가 극진한 모양새로 염세악을 가리키며 말했다.

"다들 인사드리시오. 본 파의 큰 어른이시오."

"……?"

"예?"

진무의 말은 염세악과 화산파 문도 양쪽 모두를 당황시켰다.

'큰, 큰 어른? 이 녀석이 나이를 먹고도 아직까지 오해를 하고 있다니…….'

하늘이 무너져도 놀랄 일이 없을 염세악이 벙찐 얼굴로 진무를 쳐다봤다.

"큰 어른이라면……."

"누구……?"

장문인이 큰 어른이라 하는 말에 일대제자 매화검수들은 당장 표정이 경직됐지만 장로들은 고개를 갸웃거렸다.

어지간한 문파의 원로들과 은퇴한 선배 도인은 아는데 염세악의 얼굴은 생면부지의 초면이었기 때문이다.

게다가 아무리 많이 봐줘도 장문인과 비슷하거나 조금 연치가 많아 보일 뿐, 선배도 아니고 큰 어른 운운하기에는 어쩐지 연배가 부족한 감이 있어 보였다.

"내게 가르침을 주신 스승님이오."

진무는 염세악을 가리켜 조금의 망설임도 없이 스승이라 호칭했다.

염세악은 그 말에 겸연쩍어했지만 화산파 문도들은 오히려 더 당황하고 말았다.

진무와 동기인 자운전의 손괴가 노안을 찡그렸다.

"하지만 장문인, 장문인의 스승님이신 대사백은 이미 오래 전에 탈각하시지 않았소?"

그의 말에 다른 화산파의 문도들도 다 같이 고개를 끄덕였다.

손괴가 말하는 진무의 스승이란 과거 복마도인이란 외호로 이름을 떨친 담청을 말함이다.

의문 어린 눈길로 바라보는 그들을 향해 진무가 미소 지었다.

"그 이전 내가 어린 소년일 적에 가르침을 주신 스승님이오."

"……!"

"예에?"

이어지는 진무의 말에 하나같이 입을 쩍 벌렸다.

그리고 그들은 약속이라도 한 듯 장문인 진무와 염세악을 두 번, 세 번 거듭해 번갈아 보며 혼란스러운 표정을 감추지 못했다.

장문인 진무의 연치가 환갑을 넘긴 지 몇 해인데 어릴 적 운운하다니.

그럼 도대체 저 사문의 큰 어른이라는 분은 세수가 몇이란 말인가!

손괴는 말할 것도 없고 그들 모두가 하나같이 똑같은 생각을 했다.

진정 그토록 오래 산 기인이란 말인가?

사람이 정해진 수명을 초월해 이토록 오래 장수할 수 있단 말인가?

하지만 장문인의 말을 믿지 않기도 뭣한 것이 미치지 않고서야 헛소리를 할 리가 없지 않은가.

손괴가 염세악을 향해 절로 떨려 나오는 목소리로 물었다.

"허, 허면 함자가 어찌 되시는지……."

"……?"

이번엔 진무도 대꾸하지 않고 마주 염세악을 쳐다봤다. 그도 어릴 적 늘 할아버지라 부르기만 했지 염세악의 이름을 몰랐기 때문이다.

"그, 그게……."

염세악은 당혹했다.

일이 이런 식으로 돌아갈 줄은 예상하지 못했기 때문이다.

"어르신, 말씀해 주시지요."

진무는 염세악의 속도 모르고 그의 대답을 종용했다.

'이거 낭패로구나. 이를 어쩐다?'

염세악은 어쩔 줄을 몰라 정신이 혼미해질 지경이었다.

그렇다고 나는 전대의 대마두 천살마군 염세악이다라고 대놓고 말할 수는 없는 일 아닌가.

대마두 운운하면 당장에 칼을 들고 설쳐대지 않으리라는 보장도 없거니와 그보다 더 중요한 것은 진무의 입장이 난처해질 수 있다는 것이다.

물론 눈앞의 고만고만한 놈들이 다 달려든다고 해서 자신의 옷깃 하나 스칠 수 있는 실력은 개중에 단 한 명도 없었다.

"그것이……."

염세악이 대답을 미루자 일대제자들은 고개를 갸웃거리며 의아해했다.

당황한 염세악의 눈이 허연 머리를 한 화산파 장로들에게로 향했다.

세월의 풍상을 겪은 손괴 등의 장로들은 염세악의 태도에서 뭔가 미심쩍은 부분을 느꼈는지 눈초리가 점점 의심의 기색으로 변해가고 있었다.

염세악은 생애 최고로 머리가 불이 나도록 굴렸다.

'이거 어쩐다? 운검이라고 할까? 아니야. 아무리 세월이 지났어도 화산파 전대 장문인이었는데…….'

운검의 뒤를 이어온 두 놈을 떠올렸지만 워낙에 오래전 일이고 경황 중이라 기억이 가물가물해 이름이 떠오르질 않았다.

"어르신?"

진무가 의아해 바라보고 장로들이 심상치 않은 기색으로 다가오자 염세악은 반사적으로 운검 다음으로 가장 뇌리에 남아 있는 이름을 떠올리고 말았다.

"한, 한호(寒虎), 한호일세."

염세악은 말을 내뱉자마자 스스로를 저주했다.

'이런 빌어먹을! 야! 이 천치 같은 놈아! 하필 그 망할 놈의 이름을……!'

하지만 염세악의 말은 좌중을 경악으로 휩쓸었다.

일대제자도, 장로들도, 심지어 진무마저.

일제히 입이 얼어붙어 염세악을 쳐다봤다.

"거, 검신(劍神)……!"

누군가 더듬거리는 소리가 신호가 되어 진무 이하 모든 이가 무릎을 꿇으며 고개를 조아렸다.

"사조님!"

"태사조님!"

"검신을 뵈옵니다!"

"……."

난리도 아니었다.

엎드려 절을 하고 두 손을 번쩍 들었다가 거듭 절하는 이도 있었으며, 저마다 사조니 태사조니 검신이니 중구난방으로 떠들어댔다.

염세악은 골이 띵했다.

"죽여주시옵소서—!"

얼씨구?

'죽여달라는 놈은 또 뭐냐?'

염세악이 기가 찬 표정을 짓다가 자신을 우러러보며 폭풍 같은 눈물을 줄줄 흘리는 진무와 시선이 마주쳤다.

'넌 또 왜 짜냐?'

한숨이 절로 나왔다.

'세상 참…….'

*　*　*

"태사조님을 뵈옵니다!!"

귀청이 찢어져라 쩌렁쩌렁 울리는 합창에 염세악이 양손

으로 귀를 막으며 인상을 구겼다.

'으윽? 귀청 떨어지겠다, 이놈들아!'

본전 뜰 앞을 가득 메운 검은 도포의 화산파 문인들.

허연 백발의 장로부터 고사리손의 어린 동자까지 땅에 엎드려 절하며 대대적인 환영식을 치르는 중이다.

백 년 전 화산파의 위명을 떨친 전설의 기인 검신 한호의 귀환을 기리기 위해.

졸지에 한호가 된 염세악의 모습은 많은 변화가 있었다.

아무렇게나 헝클어져 산발해 있던 백발은 곱게 빗어 목잠을 꽂았고 낡고 해진 짧은 폐의는 벗어버리고 눈처럼 새하얀 득라의로 몸을 두른 상태였다.

그야말로 영락없는 선풍도골(仙風道骨)의 노도사 차림.

화산파는 검신 한호의 귀환으로 난리도 아니었다.

정확히 말하면 무림공적 대마두 천살마군 염세악의 화산파 입성이라 해야겠지만.

'말 한번 잘못했다가 이게 무슨 꼴인지…….'

염세악은 후회막급한 얼굴로 땅이 꺼져라 한숨을 터뜨렸다.

누구냐고 물었을 때 그냥 앞뒤 안 보고 튀어야 했다.

그랬다면 유유자적한 노년의 삶 그대로였을 것이고, 현문정종의 화산파 중지 한가운데 서 있을 리도 없었을 테니까 말이다.

'눈도 따갑고 속도 메슥거리고 미치겠구나. 염병할! 상성이 안 맞아, 상성이.'

염세악은 화산파 안으로 들어올 때부터 따끔거리는 피부와 눈, 신물이 올라오는 불편한 속을 참느라 심기가 아주 불편했다.

이미 극마경에 접어들어 마기가 희미해지긴 했지만 어쨌든 몸속을 흐르는 내력의 본질은 마공이다.

염세악이 무림의 금지 마공인 천살마공을 익힌 탓에 도가의 성지라 할 수 있는 화산파에 발을 디딘 순간 현묘한 청정 기운과 몸속의 마공이 보이지 않는 충돌을 거듭했다.

몸 여기저기가 가시 바늘에 찔린 듯 따끔거리고 체한 것처럼 속이 불편한 것도 다 이 때문이었다.

하필이면 원수 같은 한호의 이름을 왜 입에 담았단 말인가.

곁에 서 있는 장문인 진무가 이런 염세악의 속도 모르고 웃음꽃이 만개한 표정으로 말했다.

"본 파의 미래를 짊어진 제자들과 어린 동량들에게 한 말씀 해주십시오."

"나 같은 사람이 무슨 말을 한다고……."

염세악이 당치도 않다는 듯 손사래를 쳤다.

"제가 어렸을 적에도 알아듣기 쉽고 금세 깨우칠 수 있는 좋은 말씀을 많이 해주시지 않습니까? 그거면 충분합니다."

진무의 말에 염세악은 똥 씹은 표정을 하고서 그를 쳐다봤다.

'이런 떠그랄! 그게 다야, 이놈아! 그때 이미 밑천 다 털렸어! 내가 도사도 아닌데 도 타령을 어찌해?'

염세악은 무슨 말을 해야 할지 머리에 쥐가 날 지경이었다.

결국 생각해 낸 말은 이거였다.

"다들 정진하여 득도하시게. 무, 무량수불!"

염세악은 자신이 생각해도 너무나 평범해 겸연쩍지 않을 수 없었다.

하지만,

"우와와와와아—!"

'뭐, 뭐야?'

염세악은 화산파 문도들이 만세 부르듯 두 팔을 번쩍 치켜들며 함성을 지르자 깜짝 놀랐다.

'아니, 얘들이 왜 이래?'

그때 염세악의 시선이 도열한 화산파 문도들의 앞줄에 서 있는 반백의 장로들에게로 향했다.

"과연……!"

"오오!"

"역시 검신 태사조님……."

그들은 하나같이 감탄한 표정으로 연신 고개를 끄덕였다. 또 어떤 이는 눈물을 줄줄 흘리는 이도 있었다.

'가만, 이거 분위기가 어째…….'

염세악은 까마득한 예전의 기억을 떠올렸다.

한 마디 했다 하면 두 손을 번쩍 치켜들고,

두 마디 했다 하면 눈물을 줄줄 흘려대고,

세 마디 했다 하면 죽는 시늉까지,

그리고 광기에 가까운 믿음.

별로 좋지 않은 기억이기에 화산파 문도들의 모습과 과거의 기억이 겹쳐지자 염세악이 표정을 와락 구겼다.

'화산파 애새끼들이 단체로 뺑글 돌았나? 분위기가 왜 이래? 완전히 광신도 마교 새끼들이잖아?'

"역시 어르신이십니다. 실로 화산파의 앞날에 서광이 비추는 듯합니다."

"……."

진무의 말에 염세악은 측은한 눈길로 그를 쳐다봤다.

그러면서 생각했다.

'어릴 때는 애가 총명했는데…….'

* * *

"나보고 뭘 하라고?"

기겁한 염세악이 펄쩍 뛰었다.

"어르신……."

진무는 진지하고 간절한 눈빛으로 바라봤다.

"다, 다 늙은 나이에 누, 누굴 가르쳐? 그리고 늙어서 화, 화산, 화산파 무공은 기억도 나질 않는다."

염세악은 진무가 부탁한 것에 황당하고 놀라 말도 제대로 하지 못하고 더듬거렸다.

어쩌다 한호를 사칭해 화산파 본전까지 발을 디디고, 본의 아니게 또 어쩌다 보니 전 문도의 하례까지 받는 엄청난 사기까지 치긴 했다.

일단은 당장 궁지에 몰린 국면을 벗어나기 위한 방편이었으니까.

대충 사태를 무마한 후에 발을 뺄 생각이었는데 진무가 또 발목을 붙잡았다.

간곡한 청이 있다기에 이제 무슨 일 있겠나 싶어 그러마고 했는데 그것이 염세악을 기절초풍하게 만들었다.

"어르신, 아니, 태사조님, 부디 수양으로 깨달으신 것들을 후학들에게 베풀어주십시오."

'야, 이놈아! 화산파 검초 하나도 모르는 내가 니 애새끼들을 어떻게 가르쳐!'

염세악은 목구멍까지 올라온 말을 억지로 집어삼켰다.

갈수록 태산이라더니 딱 그 짝이었다.

세월이 오래 지나 알아볼 이가 없었으니 한호라 사칭한 것은 그렇다 치더라도 화산파 제자들을 가르쳐 달라는 것은 사안이 달랐다.

사태가 점점 심각해지고 있었다.

"제자가 염치없이 태사조님더러 본 파의 아이들을 무슨 대단한 고수로 길러달라는 것은 아닙니다."

"그, 그래?"

진무의 말에 염세악이 조금은 안도한 표정을 지었다.

"제가 어찌 연로하신 태사조님께 그런 노고를 끼쳐 청정한 수양을 방해할 수 있겠습니까."

'으음. 그래그래. 니가 그럴 리가 없지. 착하디착한…….'

"그저 후학들이 이해하기 어려운 도가의 공부를 쉽게 설명해 주시고, 본 파에서 비전으로 전해지는 구결들을 해석해 하루에 몇 구절 정도만 가르침을 주시면 충분합니다. 또 그 외 대부분의 한가로운 시간에는 저와 함께 맥이 끊겨 먼지가 쌓여가고 있는 본 파의 비전들을 보시고 함께 연구를 하면서 다시 빛을 볼 수 있도록 주석도 달아주시고, 잘못된 것들은 올바로 고쳐 쇠락한 본 파를 일으켜 주시는데 겸사겸사 도움도 주시고요."

"……."

염세악은 입을 딱 벌렸다.

'뭐? 뭐 정도면 충분해? 한가로운 시간에 뭘 어째? 겸사겸사?'

듣는 것만으로도 정신이 혼미해져 왔다.

이젠 궁리니 변명이니 꾸밀 게재가 아니었다.

"싫다!"

염세악은 앞뒤 다 자르고 일언지하에 거절했다.

"태사조님!"

"안 돼!"

"어르신!"

"싫다니까!"

염세악은 아예 눈을 감아버렸다.

진무는 매정할 정도로 여지조차 주지 않고 거절하는 염세악의 태도에도 불구하고 포기할 생각이 없는 듯했다.

진무가 말했다.

"제가 염원하고 꿈꾼 것은 어르신처럼 되는 것입니다."

"……."

"고난을 겪을 때 위로가 된 힘은 어르신이었고 역경을 헤쳐 나갈 희망이 되어준 힘도 어르신이었습니다."

절절한 목소리 때문이었을까.

염세악의 메마른 노안이 살며시 떨렸다.

"저는 아이들에게 또한 어르신이 그런 힘이 되는 분이었으면 합니다. 어르신의 가르침을 받아 지혜롭게 세상을 헤쳐 나왔고, 염원하고 희망하던 것들을 이뤄 이렇듯 후회 없는 삶을 열심히 살아온 저처럼 말입니다."

"진무야……."

염세악은 진무의 말에 그만 울컥하고 말았다.

당면한 문제야 어찌 됐든 진무가 자신을 그처럼 생각해 왔다는 사실에 감동한 것이다.

"어르신!"

"진무야!"

그래서 염세악은 몰랐다.

진무의 손을 덥석 잡고서 고개를 재깍 끄덕거리고 있는 스스로의 모습을.

* * *

"엇? 태, 태사조님!"

"태사조님을 뵈옵니다!"

밤이 깊은 시각, 화산파의 도경과 비급 등 장경들을 모아놓은 현오궁(玄奧宮)을 지키고 있던 일대제자 매화검수들이 염세악을 보곤 깜짝 놀라 다급히 예를 취했다.

염세악은 최대한 자연스러운 모양새로 손을 내저으며 말했다.

"조금 살펴볼 것이 있어서 말이다. 들어가도 되겠느냐? 내 장문인께 언질은 해두었다."

"어, 어인 말씀을……!"

"어서 드십시오, 태사조님!"

일대제자들이 바짝 얼어 과하게 고함치는 소리에 염세악은 골이 다 흔들릴 지경이었다.

"그, 그래. 그럼 수고들 하거라."

"예, 태사조님-!"

'아이구! 귀야! 이러다가 귀청이 날아가겠구나!'

염세악은 속으로는 인상을 썼지만 겉으론 인자한 웃음을 지으며 화산파 최고 중지인 현오궁에 아무런 제지 없이 성큼 발을 내디뎠다.

'한호… 한호… 한호…….'

염세악은 현오궁 안으로 들어오자마자 화산파 도적(道籍: 역대 화산파 제자 명부)이 꽂힌 서가를 부리나케 뒤지기 시작했다.

'일단 얼마간의 말미를 다오. 머릿속에 두서가 없으니 좀 더 상고하여 제자들에게 공부를 전하든 말든 해야 할 것 아니

겠느냐.'

'하면 며칠이면 되겠습니까?'

'어허? 너무 보채는구나. 어찌 수십 년 적공을 며칠 사이에 정리할 수 있겠느냐.'

'그럼 얼마나…….'

'흠흠! 족, 족히 몇 달은 걸릴 것이야.'

'허, 그렇게나……. 어쩔 수 없군요.'

'그래, 그렇지?'

'예. 하오시면 본 파의 입문을 기다리는 어린 소년들에게 좋은 얘기를 해주시면 되겠군요.'

'뭐어?'

'이거 정말 잘됐습니다. 어린아이들은 본 파의 기본공을 수련하는 중이니 가볍게 시연도 해주시면서 잘못된 부분을 수정해 주시고 심성이 엇나가지 않도록 살펴주신다면 그 아이들이 장래에 본 파의 귀중한 동량이 되지 않겠습니까.'

'진무야~'

염세악은 진무를 으슥한 곳으로 끌고 가 죽도록 두들겨 패줄까 진심으로 고민했다.

세상의 때는 하나도 안 묻은 듯 순진하고 착한 얼굴로 속을 뒤집어놓으니 칠공에서 연기가 날 지경이었다.

빼도 박도 못하는 신세로 결국 일단락되자 염세악에게 당장 급한 것은 한호 흉내였다.

한호가 어떤 성격이고 어떤 업적을 이뤘는지는 그렇다 쳐도 최소한 그의 이름을 알린 절기가 무엇인지, 뭘 익혔는지 정도는 알아야 한다고 판단했기 때문이다.

'젠장할! 본다고 해서 쉽게 익힐 수나 있을지……. 찾았다! 한호!'

인상을 있는 대로 구기고 있던 염세악이 드디어 도적에서 한호를 찾아냈다.

언제 태어나서 언제 화산파에 입문했는지는 보지도 않고 서둘러 넘긴 염세악은 먼저 그의 사승과 간단한 신분 내력부터 외우기 시작했다.

그리고,

"이, 이걸 익혔다고?"

염세악은 후세가 기록한 한호의 절기를 보고 입을 딱 벌렸다.

—내공.

기공십팔편(氣功十八篇).

오행항마진결(五行降魔眞訣).

반선무형귀갑공(半仙無形龜甲功).

태허도폭십자신공(太虛道瀑十字神功).

—검법.

무극검(無極劍).

매화검법(梅花劍法).

풍뢰십자폭(風雷十字爆).

성라광포십삼세(星羅光砲十三勢).

—권장.

매화산수(梅花散手).

분광천심장(分光穿心掌).

—지법.

무상매화지(無上梅花指).

그 외 암향표(暗香飄), 소요삼절(逍遙三絶), 오행매화보(五行梅花步) 등등…….

염세악은 바닥에 철퍼덕 주저앉았다.

한호와 죽을 둥 살 둥 하며 몇 번을 붙어봤기에 대충 절기 한두 가지는 기억하고 있었다. 그래서 한두 가지 검법 정도에 권법 몇 가지면 될 줄 알았지 이렇게나 많이 익혔을 줄은 예상치 못했다.

이 많은 걸 어느 세월에 익힌단 말인가?

흉내만 내려 한다 치더라도 눈앞이 캄캄했다.

기가 막힌 와중에 염세악의 눈길이 손에 들린 책장의 마지막 글귀로 향했다.

한호가 은퇴를 선언하며 은거하기 전 화산파 문하 제자들에게 남긴 말이었다.

—떨어지는 낙엽이 되는 것을 마다치 않음은 진토로 변해 나무를 키울 수 있기 때문이니 흙에서 나 흙으로 돌아가듯 먼지가 되어 귀천하리라.

실로 현문의 고절한 선향 가득한 구절이나 이를 본 염세악의 표정은 볼썽사납게 구겨졌다.

'야! 이 낯짝도 두꺼운 놈아! 다른 놈은 평생 한 가지만 수련하는 무공을 저는 무공에 미쳐서 저렇게 바리바리 익혀놓고선, 뭐? 먼지가 되어 귀천해? 에라이! 퉤퉤퉤! 얼어 죽을 공수래공수거는!'

신경질적으로 한호의 도적을 덮은 염세악이 불끈해 무르팍을 짚고 일어섰다.

'뻥이다!'

그렇게 단정 지었다.

'이놈들이 필시 제 놈들 선조 띄워준다고 부풀린 게야! 아암! 사람이 어찌 저 많은 걸 다 익혀? 개뻥치고 있네!'

그렇게 결론을 내린 염세악은 어쨌거나 당장 시급히 해야 할 일부터 찾았다.

"먼저 화산파 입문 기공인 기공십팔편부터……."

서가를 뒤적거릴 필요도 없이 금세 기공십팔편을 찾아낸 염세악은 첫 장을 폈다.

세필로 상세하게 기록된 구결과 그 옆으로 책장마다 사람의 그림이 그려져 있고 내기가 움직이는 경락과 혈도가 표시되어 있었다.

"뜬구름 잡는 소리는 됐고."

구결이랍시고 적어놓은 글귀 수십 자 중에 진짜 수련법문은 한두 글자에 불과했다. 염세악은 쓸데없이 도가 어떻고 천지운행이 어떻고 하는 소리는 깡그리 무시했다.

그래서 글자는 쳐다보지도 않고 바로 그림 속의 기공 도인법을 눈으로 보며 바로 단전의 내공을 움직였다.

공력이 꿈틀하며 단전에서 봇물처럼 쏟아져 나온 내공이 순식간에 화산파 기공십팔편의 경락을 따라 천리마처럼 내달렸다.

푸욱! 후두둑!

"……!"

순간 기공십팔편 책장 위로 쏟아져 내리는 피 분수에 염세악이 화들짝 놀랐다.

별안간 쌍코피가 터진 것이다.

"이, 이게 왜 이래?"

당황한 염세악이 소매로 코피를 쓱싹쓱싹 닦아냈다. 그래도 코피는 멈추지 않고 계속해서 흘러내렸다.

염세악은 멈추지 않고 계속해서 기공십팔편의 첫 장을 넘기며 바로 다음 편으로 넘어갔다.

"울컥!"

이번에는 입 밖으로 피를 토해냈다.

손으로 입을 틀어막은 염세악은 목구멍 위로 올라온 핏덩이를 집어삼켰다.

"움큭! 컥! 이게 왜 이래 자꾸……."

염세악은 신경 쓸 정도는 아니지만 미약하게 내상을 입은 것을 느끼며 고개를 갸웃거렸다.

세 번째 장으로 넘어가 진기를 도인하자 이번에는 골이 띵해오며 현기증이 일어 노구를 휘청거렸다.

"으윽? 커헉? 캑캑!"

현기증에도 코와 입으로 쏟아내는 피로 범벅이 된 염세악은 그제야 뒤늦게 사달의 원인을 간파했다.

"이, 이런 떠그럴! 내가 익힌 마공이랑 화산파 정종 내공심법이랑 충돌해 기혈이 뒤엉켰구나!"

"어르신……."

처소 밖으로 나온 진무는 멀리 현오궁에서 새어 나오는 불빛을 보며 아련한 표정을 지었다.

야심한 시각에 화산파 중지인 현오궁에 불이 밝혀지는 일은 잘 없었다.

하지만 진무는 현오궁에서 새어 나오는 불빛이 무엇 때문인지 알고 있었다.

염세악이 청했고, 그를 허락한 것은 진무 자신이었기에.

진무는 현오궁을 바라보며 나직이 뇌까렸다.

"어쩜 그리도 그 옛날과 다름없이 후학들을 아끼시는 마음에 변함이 없으십니까. 부디 오래도록 장생하시어 저를 이끌어주시고 본 파를 다시 반석 위에 올려놓아 주십시오."

"허억! 허억! 아이고! 골이야!"

염세악이 흔들거리는 골을 짚으며 책장을 넘겼다.

"으웩~! 움큭~! 아이구, 죽겠네."

입 밖으로 튀어나오는 피를 염세악이 손으로 틀어막았다.

운기는 기공십팔편으로 하면서 내상은 천살마공으로 동시

에 가라앉혔다.

무학의 이치상 있을 수 없는 일이나 본디 바탕인 천살마공의 공력이 추측할 수 없는 깊이의 경지인데다 극마경에 들어 마기가 희미해진 탓에 가능하다고 봐야 했다.

"아이고, 나 죽네! 나 죽어!"

염세악은 눈코 뜰 새 없이 바빴다.

시간차로 터지는 쌍코피와 각혈을 닦아야 했고, 피부가 따끔거리고 속이 불편한 내상을 감내하느라 연방 앓는 소리를 해댔으며, 그 와중에 기공십팔편을 숙지하고 동시에 익혀야 했기 때문이다.

*　*　*

염세악은 진무가 한창 자라나는 꼬마 도사들에게 좋은 말을 해달라기에 조금은 가벼운 발걸음으로 청아원(靑芽院)에 들었다.

적게는 예닐곱 살에서 많게는 열한두 살의 아이들을 보며 염세악은 인자한 웃음을 머금었다.

하지만 그 웃음은 금세 싹 사라져 버렸다.

"무량수불. 태사조님을 뵈옵니다."

"무량수불. 노군의 보살핌이 내내 함께하소서."

"무량수불. 삼청의 도가 화산을 지키고 있음입니다."

"……."

염세악은 초롱초롱한 눈을 빛내는 소년들을 티꺼운 표정으로 쳐다봤다.

'뭔 놈의 애새끼들 말투가 이 모양이냐. 무량수불은 얼어 죽을.'

이건 겉모습만 애들 거죽을 뒤집어썼지 순 늙은이들만 쫙 깔아놓은 것 같았다.

"우화등선하십시오!"

"……."

누군가 우렁차게 외치는 소리에 염세악이 어이없는 표정으로 소리친 소년을 쳐다봤다.

'넌 또 뭐 하는 물건이냐? 우화등선?'

도문의 제자들에겐 최고의 축원이었지만 염세악에겐 빨리 죽으란 말로 들렸다.

구십 먹은 노인에게 백 살까지 살라고 하면 좋겠는가?

"헛험!"

염세악이 제법 근엄한 표정으로 헛기침을 한 번 하자 소년들이 일사불란하게 움직여 저마다 자리를 잡았다.

널따란 내실 안을 종횡으로 줄을 맞춰 앉는데 좌우는 말할 것도 없고 사선으로 봐도 오와 열이 엇나가는 법 없이 각이 칼 같았다.

머리에 젖비린내도 가시지 않은 꼬마들의 이런 모습에 염세악은 기가 질렸다.

'이놈의 도 닦는 놈들은 큰 놈이나 작은놈이나 인간미라고는 눈을 씻고 찾아보아도 찾을 수가 없구나.'

애들을 상대하면 좀 편하겠거니 했더니 콩 심은 데 콩 난다고 딱 그 짝이었다.

"어흠! 내가 누군지 아는고?"

염세악은 우선 자신에 대한 소개가 먼저라고 생각했다.

"검신 태사조님이요!"

아이들이 일제히 합창했다.

그나마 일제히 노래하듯 대답하는 것이 아이다운 맛이 들어 염세악이 흡족한 얼굴로 고개를 끄덕였다.

"그렇다. 내가 바로 검신 한호니라."

"무량수불!"

순간 아이들이 도호를 합창하자 염세악이 인상을 팍 썼다.

아기자기하고 왁자지껄해야 할 애들 노는 곳에 이 장엄함이 웬 말이란 말인가.

'아니, 이 자식들은 애들을 어떻게 가르쳤기에 말만 했다 하면 무량수불 타령이야? 진무가 어렸을 때는 안 그랬던 것 같은데?'

이대로는 안 되겠다고 생각한 염세악이 딱 부러지게 말했다.

"앞으로 나와 있을 때는 무량수불을 입에 담지 마라. 알겠느냐?"

염세악의 갑작스런 조치에 아이들이 당황한 표정을 지었다.

도문의 제자로서 축원을 입에 담지 말라니?

"어허! 알겠느냐?"

"무, 무량……."

"쓰읍?"

그새 또 도호로 대답을 대신하려는 아이들에게 염세악이 눈알을 부라리자 모두가 찔끔해 입을 다물었다.

하지만 아이 중엔 대가 센 놈이 있게 마련이다.

"어찌 그런 망극한 말씀을 하시옵니까? 도문의 제자로서 무량수불을 입에 담는 것을 금지하시다니요? 실로 불가한 일입니다!"

벌떡 일어서서 우렁차게 대답하는 녀석을 보며 염세악은 이 녀석이 무리의 우두머리임을 한눈에 알아봤다.

'옳거니! 앞뒤 꽉 막힌 것도 가장 도사 나부랭이답고 말투도 제일 불량스러운 것을 보니 네가 대가리로구나! 역시 내 눈은……'

소싯적부터 대가리를 알아보는 눈치는 누구보다도 탁월하다 자부해 온 염세악은 스스로의 식견에 자화자찬했다.

'다 필요 없이 먼저 저놈을 쳐서… 헙?'

염세악은 속으로 생각하던 것에 지레 질겁해 손으로 입을 틀어막았다.

"……?"

염세악의 갑작스런 행동에 아이들이 어리둥절해 쳐다봤다.

'이, 이런 미친놈!'

제 버릇 개 못 준다고, 아이들을 상대로 소싯적 버릇이 바로 튀어나오자 염세악은 스스로에게 욕설을 내뱉었다.

정신을 다잡은 염세악이 다시 표정을 근엄하게 가다듬으며 말했다.

"자고로 애는 애다워야 하는 법이다."

"예?"

대표로 일어서 반항한 아이가 뜨악한 표정을 지었다. 무언가 받아들일 수 있는 타당한 말을 기대했던 것이다.

이는 다른 아이들도 별반 다르지 않았다.

"현문의 도를 깨닫는 것을 목표로 수련하는 저희에게 어린 아이의 치기를 바라심은 실로……."

염세악은 또다시 불만을 제기하는 녀석을 보며 티꺼운 표정을 지었다.

'어이구! 저놈 말본새 하고는! 실로라는 말을 입에 달고 사는구만!'

염세악이 성질이 뻗쳐 빽 하니 소리쳤다.

"이놈들아! 봄이 가야 여름이 오고, 가을이 와야 곧 겨울이 옴을 알 수 있는 것이니라!"

"……!"

"보름달이 아무 때나 맨날 볼 수 있더냐? 초승달이 차차 커지면서 둥글어지는 것을 몰라? 아이 때는 아이답게, 청년 때는 청년답게! 그걸 다 겪어야 현명하고 지혜를 갖춘 노인이 되는 것이야! 차근차근 계단을 밟아서 산꼭대기에 올라가야지 한 번에 껑충 뛰어서 산꼭대기까지 올라가는 놈이 어디 있어?"

"……."

아이들은 염세악의 말에 입을 벌렸다.

무슨 말을 하는 것인지 몰라서가 아니다. 오히려 귀에 쏙쏙 들어오게끔 쉽고도 반성과 깨달음을 한꺼번에 주는 말이었기 때문이다.

"애들이 애들다운 맛이 있어야지! 내가 너희만 할 때는!"

"……?"

"내가 너희만 할 때는!"

"……?"

"내가 너희만 할 때는!"

"……?"

염세악은 갑자기 말문이 막혔다.

주마등같이 스쳐 가는 어린 시절의 기억.

일곱 살에 거리에 나와 가장 힘센 왈패의 대가리에 달라붙었던 일.

여덟 살에 자신을 괴롭히던 왈패의 서열 두 번째를 대가리와 이간질시켜 이 인자를 쫓겨나게 했던 일.

열 살에 술과 투전을 배워 애들 모아놓고 자랑질하던 일.

열두 살에 무리의 세가 기울어감을 알고 경쟁 왈패에 투신해 뒤통수를 친 일.

열세 살에 색주가에 출입하며 춘화의 봉긋한…….

'읏!'

거기까지 생각한 염세악은 머리를 붕붕 흔들어댔다.

"아, 아무튼 애들은 애들다워야 하는 것이야!"

염세악의 열변 아닌 열변이 요상하게 마무리되자 아이들의 매끄러운 이마가 주름지며 눈썹이 하나같이 가운데로 몰렸다.

"험! 허험! 할애비가 옛, 옛날이야기나 해주마."

당황한 염세악이 헛기침을 하며 화제를 돌리자, 아이 하나가 손을 번쩍 들었다.

"태사조님!"

"오! 그래, 말해보아라. 어떤 이야기를 해줄까?"

"태사조님 얘기 해주세요!"

"내 얘기?"

염세악이 의아한 표정을 지었다.

'내 이야기 할 게 뭐 있나?'

손을 들었던 아이가 싱글싱글 웃으며 말했다.

"검신 태사조님께서 대마두를 처단한 일화요!"

"……."

"검신 태사조님께서 대마두 천살마군을 일검에 목을 치셨다면서요?"

"……."

"사형, 검신 태사조께서는 무공이 하늘에 닿아 염세악을 새끼손가락으로 찍어서 죽이셨대요!"

"……."

염세악은 아무런 말도 못하고 똥 씹은 표정으로 애들을 쳐다봤다.

'야, 이놈들아! 염세악이 네놈들 친구냐? 내가 나이가 몇인데…….'

그때, 제법 머리가 굵은 소년이 작은 아이를 꾸짖었다.

"사제, 말이 너무 경망스럽잖아."

염세악이 반색하며 소년을 쳐다봤다.

'그래도 생각이 바른 놈이 있구나!'

"염세악이가 이래 죽든 저래 죽든 그게 무슨 대수야?"

"……."

사제를 꾸짖은 소년이 염세악을 향해 고개를 돌렸다.

"태사조님, 대마두 염세악이가 죽인 사람의 수만 해도 수만이라지요?"

"그……."

염세악은 말문이 막혔다.

'수만은 아닌데…….'

"힘없고 가난한 양민도 수도 없이 죽여 피가 강을 이뤘다지요?"

'양민은 안 죽였는데…….'

염세악은 억울했다.

"사형, 대마두 염세악이가 살인뿐만 아니라 방화에 사기, 도둑질까지 일삼았대요!"

"……."

염세악이 기가 막혀 방금 전 외친 아이를 쳐다봤다.

미친놈도 아니고 불을 지르긴 뭔 불을 질렀단 말인가. 그리고 사기와 도둑질이라니.

대마두 천살마군이 졸지에 잡범으로 전락하는 순간이었다.

그때 한 아이가 결정타를 날렸다.

"대마두 염세악이가 가는 곳마다 부녀자 겁간까지 했대요."

"……."

이제는 하도 어이가 없어 머릿속으로 대꾸할 힘도 나지 않았다.

겁간이 무슨 뜻인지나 알고 지껄이는 것인지 궁금했다.

부글부글 끓어오르는 부아가 오래전에 이승을 하직한 한호와 화산파 문도들에게로 향했다.

'한호, 이 나쁜 놈! 치졸하고 비열하고 옹졸한 화산파 놈들!'

"태사조님, 그 악적을 일수에 때려죽이신 거죠?"

"아니야! 태사조님, 단칼에 목을 치신 게 맞지요?"

"사제들, 태사조님께서는 정의의 이름으로 대마두를 처단하신 거야!"

"태사조님이 무서워서 염세악이가 살려달라고 애원하지 않았어요?"

이마에 힘줄이 불끈 돋아난 염세악이 버럭 소리쳤다.

"그래, 내가 그 악적 염세악이의 목을 단칼에 쳤다! 아주아주 나쁜 그 염세악이를!"

"와아아아아!"

아이들이 만세를 부르듯 두 손을 치켜들고 함성을 질렀다.

그토록 바라던 아이다운 모습이다.

하지만 염세악은 속으로 눈물을 줄줄 흘렸다.

* * *

"과거는 묻지 마라."

"예?"

많게는 사십대에서부터 적게는 약관(스무 살:젊은 나이)에 이르기까지 화산파를 이끄는 일, 이, 삼대제자들은 하늘같은 태사조가 다짜고짜 하는 말에 어리둥절한 표정을 지었다.

염세악은 그러거나 말거나 있는 위엄, 없는 위엄 깡그리 쓸어 모아 눈이 빠져라 힘을 줬다.

'어림없다, 이놈들! 이 천살마군 염세악이 또 당할 성싶으냐!'

머리에 피도 안 마른 것들에게 봉변 아닌 봉변을 당한 염세악은 상처 입은 맹수처럼 화산파 제자들을 향해 눈알을 부라렸다.

영문도 모른 채 그런 눈길을 받은 화산파 제자들은 자연스레 표정이 경직되며 쭈뼛거렸다.

하늘같은 태사조가 영문을 알 길 없이 노기등등해서 버티고 서 있으니 그 서슬에 기가 죽은 화산파 문도들은 누구 하나 입을 뗄 용기가 없어 자연히 바늘 하나 떨어져도 소리가 날 정도로 분위기가 엄숙해지고 말았다.

그렇게 차 한 잔 마실 정도의 시간이 흘렀을까.

'젠장!'

염세악이 인상을 팍 구겼다.

결국 질식할 것 같은 침묵에 불편해질 대로 불편해진 사람은 이 사달을 일으킨 염세악이었다.

"왜 아무도 말이 없느냐?"

"……."

염세악의 물음에 제자들이 저마다 힐끔 시선을 주고받으며 서로 눈치를 봤다.

"뭐 물어보고 싶은 거 없어?"

"……."

재차 이어진 염세악의 물음에 제자들은 이러지도 저러지도 못하고 하나같이 덜떨어진 위인처럼 눈알만 굴렸다.

염세악은 꿀 먹은 벙어리처럼 멀뚱거리는 제자들의 모습에 골치가 지끈거렸다.

'어이구! 차라리 내가 날 까는 게 낫겠구나. 이거야 원.'

어색한 침묵으로 십이지장이 다 뒤틀릴 것 같은 기분에 염세악은 어떻게든 분위기를 바꿔보려 머리를 맹렬히 굴렸다.

'가만, 굳이 내가 힘들게 입을 놀릴 필요가 있나?'

어떤 생각에 무릎을 친 염세악이 앞에 선 제자들을 쭉 둘러보다가 얼굴에 희미한 자상이 보이는 사십대의 장년 도사를 지목했다.

"네 이름이 무엇인고?"

염세악의 지목을 받은 사십대 장년인이 움찔하더니 이내 머리를 조아렸다.

"일대제자 반운산입니다."

염세악은 창창할 때의 정력을 자랑하던 무성한 수염은 사라지고 이제는 볼품없이 변한 턱밑의 염소수염을 쓰다듬으며 고개를 끄덕였다.

"제법 제대로 칼빵을 먹은 네 면상을 보니 강호에서 침 좀 뱉었겠구나."

"……."

순간 화산파 제자들의 표정이 요상하게 변하자 염세악은 곧바로 아차했다.

'이, 이런!'

부지불식간에 나온 말이 뒷골목 왈패들이나 주워 담을 언사였다.

"헛험! 험! 내 워낙 호, 혼자서 격식을 개의치 않고 살아 말이 헛 나왔음이야."

얼굴이 절로 뜨뜻해지는 변명이었지만 다행히도 제자들은 '아! 그렇구나!' 하는 얼굴로 고개를 끄덕였다.

염세악은 그게 또 웃겼다.

'이놈들은 내가 내일이라도 당장 학 위에 올라타 선계로 간다고 뻥을 쳐도 믿을 녀석들이로구나, 허참!'

아무리 눈 닫고 귀 닫고 산에서 도를 닦는 도사들이라지만 너무나 순진했다.

'이런 순둥이들만 가득한 기풍 아래 어찌 한호 같은 독종이 나왔는지, 참나!'.

염세악은 또 한호를 생각했다.

무슨 말을 하고 무슨 생각을 하든 염세악은 어느새 버릇처럼 '이게 다 한호 때문이야' 하는 결론으로 귀결됐다.

인생무상함을 깨달아 원한과 복수는 잊었지만 싫은 건 싫은 것이다.

잠시 생각이 딴 데로 샌 염세악이 정신을 차리며 반운산에게 물었다.

"강호는 얼마나 경험했누?"

"딱히 일정치는 않사옵고 장문인과 장로의 명을 받아 자주 속세의 땅을 밟았습니다."

"음."

염세악이 고개를 끄덕거렸다.

"요즘 무림 돌아가는 사정을 좀 알겠구나?"

"예? 예, 예!"

반운산이 반문하다 더듬거리며 머리를 조아렸다.

"그럼 그 이야기나 해봐라."

"예?"

"내가 오랫동안 심산유곡에서 도 닦느라 바깥 돌아가는 사정을 전혀 모르는구나."

"아……."

염세악은 서 있던 자리에 털썩 편하게 주저앉았다.

"뭣들 하누? 다들 편히 앉아."

염세악의 한마디에 제자들이 주춤주춤하며 서 있던 자리에 앉았다.

반운산이 말했다.

"저, 무엇부터 말씀을 올려야……."

염세악이 생각할 게 무에 있느냔 표정으로 엄지를 치켜세웠다.

"이게 누구냐?"

"예?"

반운산이 멍한 표정을 지었다. 다른 이들도 표정은 매한가지였다.

염세악은 융통성이라곤 쥐똥만큼도 찾을 수 없는 그들을

향해 한숨을 흘리며 좀 더 알아듣기 쉽게 말했다.

"지금 제일 센 놈이 누구냔 말이다."

"아?"

"제일 센 놈부터 그 아래로 아는 데까지 읊어보고, 그다음에 세력으로 누가 대가리인지 순서대로 썰어봐."

"예?"

반운산이 또 멍청한 표정을 지었다.

"에잉! 이거 말이다, 이거!"

염세악이 엄지를 다시 세워 흔들어대자 그제야 반운산 등이 이해하며 고개를 끄덕였다.

"하면 썰으라 하심은 무슨 뜻인지……."

"이야기보따리를 풀어보라고."

"아, 예!"

조금은 속세의 때를 탄 반운산 등의 사십대 일대제자들은 당혹감을 감추지 못했다. 반대로 젊은 층의 제자들은 머릿속으로 '대가리=제일 센 놈', '썰어봐=말하라'라는 뜻을 잊지 않기 위해 소리 없이 곱씹으며 달달 외웠다.

"당금 강호 무림에서 공히 천하제일고수로 평가받는 이는……."

第三章

커다란 전각과 그보다 작은 전각이 무리를 이룬 거대한 장원.

동서로 뻗은 높은 담은 지평선 끝자락까지 이어져 그 규모가 가늠이 가지 않을 정도였으며 장원 안을 오가는 사람은 일성의 도읍을 방불케 할 정도로 많았다.

전각군의 가장 중심부에 층 하나하나의 너비가 어지간한 전각과 비슷하고 하늘을 찌르는 위용을 자랑하는 칠 층의 루는 그야말로 군계일학이 아닐 수 없었다.

칠 층 거루의 주위로는 원을 그리며 온갖 기화요초가 제각각의 아름다움과 독특함을 뽐내고 있었다.

어떤 것은 아름답고 어떤 것은 기이했으며, 어떤 것은 아름답지 않으나 천상의 향기를 자아냈다.

하지만 화원의 꽃들이 아름답고 향기로운 것만 있는 것은 아니었다. 아무리 눈여겨봐도 볼품없는 꽃이 있었고, 눈으로 보기에는 아름다우나 향기가 없는 꽃도 있었으며, 아름다움과 향기 그 어느 것도 채워주지 못하는 들꽃도 있었다.

화초에 취미를 붙이고 공을 들이는 사람이라면 그 일관되지 못한 가꿈에 혀를 찼겠지만 단언할 수 있는 것은 마치 천하에 존재하는 모든 꽃을 모아 가져다 놓은 듯 실로 다채롭다는 것.

화원 위를 노니는 벌의 소리를 제외하곤 고요하기만 한 화원에 사각사각 꽃가지를 자르는 소리가 간헐적으로 조용히 울려 퍼졌다.

인적 없는 화원을 거닐며 꽃가지를 다듬는 가녀리고 새하얀 손.

하지만 그 아름다운 손에 들린 가위에 화사함을 뽐내는 꽃들이 가차 없이 잘려 나갔다.

티 한 점 없는 새하얀 궁의에 윤이 나고 풍성한 검은 머리카락이 등 뒤를 덮으니 흑백이 상반되면서도 눈에 확 들어오는 모습이다.

화원의 꽃을 손질하는 여인은 햇빛 탓인지 소박하기 짝이 없는 초립에 흰 면사를 매달아 얼굴을 감추고 있었다.

꽃을 손질해 나가던 여인이 움직임을 멈췄다.

여인의 발치에는 화원에서도 유난히 화사하고 커다란 꽃들이 있었다. 그리고 그 꽃들 사이에는 비록 화사하지는 않지만 스스로 땅에서 나 홀로 고고히 한 뼘의 공간을 차지한 은은한 연록 빛깔의 야생 들꽃이 있었다.

가위질을 멈춘 여인은 그 꽃 중 어느 것을 키우고 어느 것을 솎아낼지 고민하는 듯했다.

그때 화원 안으로 서생 차림에 곰방대를 손에 든 초로의 노인이 들어섰다.

"아가씨, 서 총관입니다."

"……."

여인은 별반 대꾸하지 않았다.

서 총관은 가까이 다가가 여인이 내려다보고 있는 꽃을 쳐다봤다.

"어느 것을 자를지 고민이 되시나 보옵니다."

여인이 고개를 끄덕였다.

서 총관은 함께 고민하며 도와주려 했지만 골치가 아픈지 금세 이맛살을 찌푸렸다.

"화산파에서 기이한 소식이 당도했습니다."

"화산파?"

여인이 처음으로 꽃에서 시선을 떼며 반문했다.

"검신(劍神)이 아직까지 살아 있다는 보고입니다."

여인이 눌러쓴 초립이 기울며 드리워진 면사가 흔들렸다. 서 총관은 일 년에 한 번 보기 힘든 그녀의 반응을 이해했다. 처음 소식을 접했을 때 자신도 그랬으니까.

"무림에 검신이라고 불릴 만한 고수가 있던가요?"

"있었습니다. 백 년 전 화산파가 낳은 불세출의 검호라 불린 한호, 그가 바로 검신입니다."

"……."

백 년 전이라는 황당한 사실 때문인지, 아니면 화산파에서 검신이라 불린 고수가 있었다는 것을 몰라서인지 여인은 말이 없었다.

서 총관은 전자일 것이라 생각했다.

"백 년 전이라면 지금 그의 나이가 몇인가요?"

"세수 백육십은 넘었을 것입니다."

보통은 헛소리로 치부하며 믿지 않았을 것이다. 인간의 수명이란 한계가 분명하니까.

하지만 여인은 불신하지도 비웃지도 않았다.

"남도련(南刀聯)이 부산하게 움직이는 이유는 알아냈습니까?"

"오래전 종적이 묘연해진 마교, 혹은 그 잔재를 찾고 있는 것으로 확인됐습니다."

"마교?"

어느 것 하나 밝혀진 것 없는 미지의 존재이나 고래로부터 무림의 정사 양도에게 근원적인 공포를 선사한 세력.

하지만 천산에 웅크리고 있던 마교는 오래전 흔적을 감추고 말았다.

정확히 언제부터인지도 알 수 없었다.

일 갑자 이전 최초로 발견한 당시 무림인들도 천년마교의 상징이었던 만마성(萬魔城)의 거대한 위용이 폐허로 변해 주춧돌만 남겨져 있는 것을 발견했을 따름이다.

"우리가 알고 있다면 북검회(北劍會)도 그들의 움직임을 간파하고 있을 텐데요?"

"움직임이 없습니다. 정확히 말씀드리면 검성(劍聖)이 천래궁(天來宮)과 접촉을 시도하고 있는 징후가 발견됐습니다만."

"남도련이 마교를 쫓고 있다면 유령곡(幽靈谷)이나 혈총(血塚)과 마찰이 생길 수밖에 없겠군요."

서 총관이 고개를 끄덕였다.

"그렇게 조치하겠습니다."

"요천(了天)에 대한 정보는 아직인가요?"

여인의 물음에 서 총관이 이맛살을 찌푸렸다.

"아직 더 시간이 필요합니다. 지금까지 투입한 비선(秘線)만 서른입니다. 그들 모두 천래궁에 발각돼 제거되었습니다."

"……."

"잠입한 비선 중에서 생존해 있는 자는 최초로 잠입한 그가 유일합니다."

"그는 천래궁에 너무 오래 있었어요."

"그만큼 신중했기 때문입니다."

"언제부턴가 그에게서 보고를 받는 게 아니라 소식을 기다리는 느낌이에요."

서 총관의 낯빛이 굳어졌다.

"믿으셔야 합니다."

"사람은 변합니다."

"아가씨……."

안타까운 눈빛을 한 서 총관이 작은 한숨을 내쉬며 고개를 흔들었다.

용천장(龍天莊).

무림의 그 어떤 곳과도 비견되지 않는 독보군림의 천하제일세.

무림삼성(武林三聖) 중 소림사의 불성(佛聖)과 개방의 취성(醉聖)이 함께 길러내 무림에 등장하자마자 부패로 물든 무림맹을 와해하는 파란을 일으키며 천하를 제패한 한천(寒天) 연경산이 세운 가문.

그리고 당대 용천장을 움직이는 주인은 연경산이 늘그막에 얻은 하나뿐인 여식 규중화(閨中花) 연산홍이다.

여인의 몸으로 장주가 되었지만 용천장은 흔들리지 않았다.

지닌 무위는 용천십벽(龍天十壁)을 단 하루에 돌파해 이전의 모든 기록을 갈아치우고, 누구도 넘보지 못한 중천관(重泉關)을 뚫어 스스로를 증명했다. 지혜로움 또한 천하를 경영함에 있어 조금도 모자라지 않았다.

연경산과 비교되는 것은 오직 그녀가 여자라는 것뿐이다.

연산홍은 고심하던 꽃 중 가장 크고 화사하게 핀 꽃을 향해 가위를 들었다.

"세력을 끌어모으고 실리에 따라 어제의 적과도 손을 잡을 수 있는 자를 검성이라 부르는 건 가당치 않아요."

싹둑.

만개한 꽃 아래 줄기가 날카로운 가위에 잘려 나가 땅에 떨어졌다.

"무림삼성의 권좌를 내려놓을 때가 됐어요. 그에겐 검성보다는 검왕이라는 호칭이 적당해요."

"그리하겠습니다."

"환영각(幻影閣)을 통해 의뢰토록 하세요."

서 총관이 뜻밖이라는 표정을 지었다.

"사망림(死網林)이 더 깔끔하게 매듭짓지 않겠습니까?"

연산홍이 고개를 가로저었다.

"지저분해야 합니다."

"……?"

"어떤 일이든 여자가 끼면 아무리 인망이 따르고 정의군자라도 세인으로부터 지탄을 받는 법이지요."

서 총관은 탄복한 표정을 감추지 못했다.

용천장을 드러내지 않고 손을 쓰면서도 치정으로 엮어 스스로 입을 다물게 만든다.

실로 양수겸장(兩手兼將:장기판에서 두 개의 장기가 한꺼번에 장을 부르는 형국)의 묘수가 아닌가.

가위에 잘려 바닥에 떨어진 꽃을 여인이 집어 들었다.

"화원을 가꾸는 이유는 크고 아름다운 꽃 하나보다는 다양한 꽃이 조화롭게 만개한 것을 보기 위함입니다."

꺾인 꽃의 진한 향기를 맡던 여인이 이내 바닥에 떨어뜨렸다.

"양분을 저 혼자 다 가져가 홀로 돋보이는 꽃은 화원에 해롭습니다. 뽐내는 가장 화사한 꽃을 꺾어 더 많은 꽃에 균형

있게 나눠 줄 수 있다면 마땅히 화원의 유지를 위해 그리해야겠지요."

"검신의 출현은 어찌 생각하십니까?"

면사 안의 여인의 눈이 화사한 꽃들 사이로 핀 들꽃에 향했다.

"화산파가 어디에 줄을 대고 있죠?"

서 총관이 콧등을 찡그리며 잠시 생각하다 대답했다.

"전통의 육대문파의 일원이고 검파이긴 합니다만 오래도록 인물이 나지 않았고 워낙 쇠락해 어느 쪽에도 서지 않았습니다."

"당대 장문인이 누군가요."

"선광우사(仙光羽士) 장진무라는 자입니다. 십대고수의 반열에 들지는 못했지만 활동이 적어 명성이 없을 뿐이지, 일파를 이끄는 종사로서 부족함이 없고 청빈하고 수도에 매진해 덕망이 있는 편입니다."

"그 정도 실력에 활동이 적다는 건 성정이 대범하지 못하고, 청빈하다는 것은 가난한 것을 꾸민 말이니 문파의 살림을 제대로 꾸리지 못했다는 뜻이겠군요. 수도에 매진한다는 건 개인의 성취욕이 강해 후학 양성을 게을리 하고 인물을 키우지 못한 것이니 종사의 그릇으로 평가하기엔 자격 미달입니다."

"그……."

서 총관은 자신이 말한 바를 두고 전혀 다르게 평가하는 연산홍의 언사에 뭐라 반박하려 했지만 그만 말문이 막히고 말았다.

백성들로부터 존경받고 덕망 있는 화산파 장문인을 몇 마디 말로 싸잡아 화산파 천고의 죄인으로 만들다니.

"무림은 한 사람의 힘으로는 아무것도 할 수 없어요. 백 년 전의 검신은 시대와 함께 저문 검신이지 당대의 검신은 아닙니다."

연산홍은 연록색 야생 들꽃 앞에 쪼그리고 앉았다.

"한 번 시든 꽃은 다시 핀다 해도 시든 꽃일 뿐이고, 화원과 어울리지 않아요. 아름다웠던 건 그때의 아름다움이지 지금은 아니니까요."

손에 쥔 가위를 땅에 내려놓은 연산홍이 두 손으로 들꽃의 꽃봉오리를 조심스레 쓰다듬었다.

"그저 기억일 뿐이지요, 아름다웠다는. 기억은 추억으로 간직하면 되는 겁니다."

연산홍의 부드러운 손길이 들꽃의 밑줄기를 힘주어 잡더니 억센 손길로 뿌리째 뽑아냈다.

"옛것은 자연히 스러져 거름이 되고 새롭고 싱그러운 어린 꽃이 피어나는 것이 순리입니다."

서 총관은 부정하지 않았다.

한 번 쇠락한 기운은 다시 일어서기가 힘든 법이니까. 그것이 적자생존의 무림 세계라면 더더욱.

힘이 있고 금은보화가 넘쳐나도 사람이 없으면 오래가지 못하는 법이다.

검신이 돌아왔다고 해서 화산파가 다시 도약하기는 요원한 일이 분명하다.

그저 메마르고 갈라진 땅에 한바탕 내릴 소낙비일 뿐 가뭄을 해갈해 주지 못하듯.

소나기는 오래가지 못하기 때문이다.

* * *

"무림맹(武林盟)은 망했고… 천사맹(天邪盟)은 갈라섰고… 마교(魔敎)는 실종?"

화산파 제자들로부터 무림의 정세를 들은 염세악은 눈썹을 모았다.

하루가 멀다 하고 바람 잘 날 없는 무림이긴 하지만 그가 아는 한에선 무림사에 이런 경우는 드물었다.

정사마 모두 힘을 결집해 팽팽한 균형을 유지하거나 그도 아니면 한쪽이 득세하는 동안 반대 진영은 숨을 죽인다든지 둘 중 하나의 경우여야 했다.

"한천(寒天) 연경산이라……."

당대 천하제일인이라 했다.

무림삼성 중 소림사의 불성과 개방의 취성이라는 두 사람에 의해 공동 제자로 길러졌고, 약관의 나이에 출도해 부패로 썩은 무림맹을 해체하고 용천장이라는 일가를 세워 무림에 우뚝 섰다고 한다.

하지만…….

'그는 오래전 실종됐습니다. 용천장은 공식적으로 인정하지 않고 있지만 무림은 그렇게 받아들이고 있습니다.'

화산파 제자들의 말로 비추어 볼 때 확실히 용천장이란 곳이 무림의 질서 위에 있는 절대적 군림세가임은 확실한 듯했다.

하지만 넘볼 수 없을 정도의 성역까지 도달하지 않았음을 느꼈다.

자타가 공인한 무쌍의 천하제일인이라는 그가 실종된 까닭이다.

정파의 무림맹주와 사파의 천사맹주, 그리고 그의 스승과 같은 배분이자 함께 무림삼성으로 불린 검성마저 꺾은 연경산이 실종됐다.

용천장을 세우고 천하가 그 앞에 무릎을 꿇으며 경배한 지

한참의 세월이 지나 한 장의 도전장을 받은 뒤에.

천래궁주(天來宮主) 요천(了天).

'천래궁이 생겨난 지 수십 년의 세월이 지났지만 정파인지 사파인지, 목적이 무엇인지 아무것도 밝혀진 것이 없습니다. 천래궁주 요천의 존재가 사람들의 입에 오르내린 것도 사실상 그가 연경산에게 도전장을 내민 사건 때문입니다.'

어느 날 갑자기 생겨났다고 했다.

신인이 하늘에서 내려와 고통받는 중생을 구제한다는 예언을 설파하며 들불처럼 번져 나간 그들의 세력은 무서울 정도로 빠르게 중원 전역을 휩쓸었다.

'당시 무림은 천래궁이란 곳을 그렇게 신경 쓰지 않았습니다. 천래궁도 대부분이, 아니, 모든 궁도가 무림과는 하등 상관이 없는 양민이었기 때문입니다. 초기에는 오히려 무림보다는 관에서 예의 주시했었다고 합니다. 혹세무민하는 사교의 출현이 아닐까 해서라고…….'

하지만 천래궁이 해악을 끼친 것은 없었다. 오히려 천하 구석구석을 돌며 가난한 이와 병든 자를 도왔다고 하니까.

천래궁주가 곧 신인이라는 말이 나돌 즈음, 용천장도 연경산의 그늘 아래 폭풍우가 불어도 흔들리지 않을 만큼 거목이 되어 무림에 깊은 뿌리를 내린 상태였다.

이때 천래궁주가 연경산에게 도전장을 내밀었다고 한다.

요천의 도전장을 수락한 연경산은 용천장을 떠난 후 돌아오지 않았다.

하지만 천래궁의 요천은 그 후로도 건재했다.

이러한 결과는 무림에 커다란 혼란과 충격을 가져왔다.

요천은 건재하고 연경산은 종적이 묘연하다는 사실.

이후로 누구에게서 비롯된 것인지는 알 수 없지만 무림인들 사이에선 신비로 점철된 천래궁주라는 호칭에 요천이라는 외호가 더 붙었다.

연경산의 외호인 한천과 동격인 '天' 자가 외호에 붙었다는 것은 사실상 요천을 연경산과 동급의 반열에 오른 무인으로 인정한다는 사실이나 다름없었다.

절대의 하늘이 양분된 것이다.

"한 하늘이든 두 개로 쪼개지든 그건 내 알 바 아니고……."

염세악은 복잡한 무림의 구도는 머릿속에서 지워 버렸다. 하지만 반대로 눈살은 더욱 찌푸려졌다.

'그럼 화산파는 검파이니 북검회에 적을 두었겠구나?'

'아닙니다.'

'아니야? 그럼 남도련?'

'그것이 아니옵고…….'

연이은 물음에 난처한 표정을 짓던 화산파 제자 반운산은 염세악에게 예상 밖의 대답을 해왔다.

'장문인께서 세속의 힘겨루기에 청정한 도문을 더럽혀서는 아니 된다 하시며…….'

반운산의 표정과 대답을 반추하던 염세악이 혀를 차며 고개를 절레절레 흔들었다.

세 불리기와 힘겨룸에 있어서 일파 수장의 된다, 아니 된다로 문파의 행보가 결정지어질 수 있을 만큼 세상은 그렇게 간단히 돌아가지 않는다.

원하든 원하지 않든 어딘가에 속하게 돼 있는 것이 세상사의 이치다.

선택을 하거나 받지 못하면 살아남을 수 없는 곳이 무림이라는 세상이니까.

하지만 화산파는 그동안 수많은 성상을 지나면서도 여전히 화산에 자리를 보존하고 있다.

이것은 무엇을 뜻하는가.

"믿을 수가 없군. 육대문파의 일원인 화산파가 신경 쓸 바도 못 되는, 필요 없는 빛 좋은 개살구로 전락했다니."

피 한 방울 섞이지 않은 곳이지만 염세악의 표정은 허탈함으로 물들었다.

그는 처음으로 이 갑자의 세월을 초월해 살아온 시간과의 괴리를 느꼈다.

그에게 검신 한호는 오랜 옛적의 전설 같은 존재가 아니라 인생의 한 조각이다.

그런 검신을 배출한 화산파가 아무도 원하지 않는 존재로 전락했다는 사실이 쉽사리 받아들여지지 않았다.

무림삼성이 어쩌고 한천이니 요천이니 하는 소리를 아무리 해대도 염세악에게 있어서 고수라고 각인된 기억은 백년 전 천하를 호령하던 검신(劍神), 도마(刀魔), 귀성(鬼聲), 흑제(黑帝)다.

사도 무학의 정수를 얻은 귀성과 어디에도 적을 두지 않고 독보 유랑한 도마, 그리고 자신이 만난 최악의 인간 마교의 흑제까지.

그래도 별호에 감히 '神'이라는 호칭이 들어간 자는 오직 한호뿐이었다.

그리고 검신에게 대적했던 최강의 사나이.

'나 천살마군 염세악. 일대일이었으면 내가 이겼다.'

검신을 비롯한 도마, 귀성, 흑제는 단 한 번도 서로 조우한 적이 없었다. 당시에는 누가 누구랑 붙어서 이겼니 깨졌니 떠들어댔지만 그들이 대결은커녕 만난 적조차 없음은 단언할 수 있었다.

왜냐하면 그들과 짧거나 길거나 인연을 맺어본 이는 염세악 자신이 유일했기 때문이다.

그들은 무림에서 저마다 최강자로 불렀지만 명성을 다투지는 않았다. 또한 홀로 무림을 활보하거나 무리를 이끌어도 세를 다투려 하지 않았다.

그들 스스로가 세속의 욕망을 겉으로 표출하는 것은 소인배라고 여겼기 때문이다.

지금의 이런저런 이들의 세력과 달리 그들은 무인이었다.

염세악으로선 인정하긴 싫지만 검신 한호 또한 그랬다.

문득 염세악은 장진무를 떠올렸다. 그리고 화산파 문하들을.

몇 번이나 기운 듯 빛바랜 득라의를 걸친 화산파 장문인. 원로들도 크게 다를 것이 없었다.

아침이 되면 어린 꼬맹이부터 삼사십대 장년까지 저마다 수건과 농기구를 들고 오시(낮 12시)가 넘을 때까지 밭을 매고 풀뿌리를 캐는 것을 당연시 여기는 일과.

몸을 쓰는 수련은 먹고사는 일과를 마치고 나서야 시작한다.

그러다 보니 해가 지고 밤이 깊으면 석등과 횃불에 의지해 수련하는 일이 늘 반복됐다.

육대문파의 일원.

오악검파의 수좌.

현문 조종 대화산파.

그가 알고 있는 화산파를 수식하고 있는 것 중에 그 어느 것도 화산파에서 본 어떤 장면과도 어울리지 않았다.

도를 닦는 자가 몸을 써 농사를 짓는다고 해서 흉이 될 일은 아니다. 하지만 그것이 본말이 전도되어 수양이 뒷전이 된 건 확실히 문제가 있었다.

도가의 청빈한 삶을 실천하고자 하는 것이 아니라 먹고살 길이 없어 농사에 매진하는 것이고, 산을 타 약초를 캐는 건 시장에 내다 팔아 돈을 벌기 위해서라고 하니까.

가난하니 그런 것이다. 사는 게 빡빡하니 도경을 읊어댈 시간도 무공을 수련할 시간도 없는 것이다.

그러니 화산파라는 이름에 걸맞은 인재가 나오지 않고 위신이 서지 않는 것이다.

그러니 유구한 역사와 전통을 자랑하는 화산파가 어디에도 끼지 못하고 아무도 신경을 쓰지 않는 것이다.

'어디서 용의 꼬리 행색은 못해도 최소한 안방에서 대가리는 되어야 하는 것인데…….'

염세악은 화산파에 들어온 후 지난 한 달간 향화객 한 번 없었음을 뒤늦게 깨닫고는 눈살을 찌푸렸다.

사방에서 견제와 질시를 받아 옴짝달싹 못하는 절망적인 상황보다 더 슬픈 것이 무관심이다.

거기까지 생각한 염세악은 괜히 심통이 났다.

"이런 떠그랄! 그 짧은 백 년 세월에 이렇게 폭삭 망하나? 죽기 전에 애들이나 키우고 관을 짜든가 하지. 한호야, 한호야, 검신이란 이름이 아깝다. 이름이 아까워."

심통 난 화살은 그새 또 한호에게 향했다.

염세악에겐 뭐가 어찌 됐든 그게 다 한호 때문이었다.

* * *

"장문인, 기침하셨습니까?"

소담스레 담은 밥그릇과 나물 반찬 두어 가지, 그리고 간장 종지를 손에 든 왕직이 아뢰었다.

안에서 아무런 대꾸가 없자 왕직이 고개를 갸우뚱거렸다. 평소 시끄러운 것을 싫어하는 장문인인지라 타고난 우렁찬 목소리 탓에 아무리 소리를 죽여 말해도 늘 시끄럽다며 타박하는 장문인인데 별일이라고 생각한 것이다.

"장문인, 기침……."

"들어오너라."

뒤늦게 나직이 들려오는 대꾸에 왕직이 지레 목을 움츠리며 얼른 문을 열고 안으로 들어갔다.

'어?'

왕직이 장문인 거처 안으로 들어가 진무를 보고는 살짝 의아한 눈으로 변했다.

해도 뜨지 않은 새벽에 조반을 드는 장문인이다. 항상 조반을 가져올 때면 이미 머리카락과 의복을 정갈히 하고 참선하고 있거나 그도 아니면 일찍부터 경전을 보고 있는 모습이 평소의 일상이다.

하지만 진무는 어쩐 일인지 의복도 갈아입지 않은 채 이제 막 자리에서 일어난 듯 침상에 다리를 내리고 있었다.

"장문인께서 늦잠을 주무실 때도 있습니까?"

"허허! 고놈 참! 이놈아, 매번 늦어 잔소리 듣는 녀석이 이 장문인이 한 번 늦잠 잔 걸 가지고 회초리를 들려 하는 게냐?"

"아이고! 농이라도 그런 말씀은 마십시오! 제가 어찌 감히……."

진무는 왕직이 얼굴이 허옇게 변해 손사래를 치는 모습을 보며 쓴웃음을 지었다.

"내가 네게 너무 엄히 대했나 보구나. 농을 한 것인데 그리 정색을 하니."

"예에? 농, 농이라고요?"

왕직은 무슨 못 들을 말을 들은 사람 얼굴로 변해 입을 딱 벌렸다.

장문인의 평소 성정으로 볼 때 절대 나올 수 없는 언사였기 때문이다.

"찻물 좀 다오."

"헙? 예, 장문인!"

왕직이 허둥지둥 밥과 반찬을 식탁 위에 내려놓은 후 찻잔에 찻물을 조심스레 따랐다.

쿵!

"……?"

갑자기 들려온 둔탁한 소음에 왕직이 고개를 들어 주변을 두리번거리다 이내 뒤를 돌아봤다.

왕직의 눈이 커다랗게 변했다.

쨍그랑!

"장문인! 장문인!"

찻주전자가 떨어져 깨지는 소리와 왕직의 찢어지는 비명소리가 교차했다.

"뭣이? 쓰러져? 진무가?"

"예."

염세악은 늘어지도록 늦잠을 자다가 한달음에 달음박질해와서 고하는 소식에 문짝이 부서져라 밖으로 뛰쳐나왔다.

"지금 어디에 있느냐!"

"예, 예! 장문인 처… 태사조!"

화산파 제자는 눈앞에 있던 염세악이 허공으로 솟구쳐 나는 새처럼 천공을 가르자 그 가공할 신법에 입이 딱 벌어졌다.

"진무야―!"

"……!"

천둥처럼 하늘을 떨어 울리는 외침에 장문인 처소에 모여 있던 화산파 제자들이 기겁해 하늘을 쳐다봤다.

쾅!

하지만 그들이 하늘을 올려다봤을 때는 이미 뜰 앞에 커다란 충격파가 들이닥치며 지축이 들썩였다.

"헉?"

"태, 태사조!"

뿌연 먼지구름을 뚫고 허깨비처럼 모습을 드러낸 염세악을 보며 화산파 제자들은 심장이 튀어나올 듯한 표정으로 헛바람을 집어삼켰다.

"진무는? 진무는 어떠냐?"

눈알을 부라리며 고함치는 염세악의 서슬에 화산파 문인들이 대꾸조차 못하고 처소 안을 가리켰다.

그때 자운전주 장로 손괴가 문을 열고 나왔다.

"안으로 드시지요."

'진무야.'

염세악은 깊이 잠든 진무의 주름진 손을 매만지며 그의 백발을 쓸어 넘겼다.

"병이 있는 것은 아니니 너무 근심치 마옵소서."

"……."

"연로하여 노환으로 기력이 쇠잔해진 것입니다."

"……."

"약당에 일러 기를 보하고 북돋게 하는 탕약을 준비하라 일렀으니 괜찮아지실……."

손괴는 염세악이 대꾸도 하지 않는데 거듭 말하는 머리 허연 사제의 옆구리를 찌르며 그만하라는 눈치를 줬다.

"저희는 이만 나가보겠습니다."

읍하며 아뢴 손괴가 장로들을 이끌고 조용히 물러났다.

염세악은 근심이 가득한 얼굴로 눈을 감고 있는 진무를 쳐다봤다.

"이놈아, 할애비는 네 나이 때 펄펄 날았다. 이제 환갑 좀 지났는데 노환이 웬 말이냐?"

염세악은 할 수만 있다면 당장 공력을 모조리 뽑아내 진무의 몸을 벌모세수시켜 경락을 깨끗이 닦아내고 탁해진 기혈을 통째로 정화시키고 싶었다.

'빌어먹을 천살마공… 마공만 아니라면……'

염세악은 오늘처럼 자신이 익힌 마공이 원망스러운 적이 없었다.

내력의 근본이 마공이다 보니 정종 내력을 쌓은 진무에게 아무런 도움을 줄 수가 없었기 때문이다.

도움은커녕 오히려 정기를 상해 해를 끼칠까 최대한 기운을 안으로 수렴하고 모공까지 폐쇄시켜야 했으니까.

그늘진 실내가 점차 밝아왔다.

깊숙이 뻗은 새하얀 햇빛이 실내로 깊숙이 기지개를 켰다.

빛으로 빚어낸 그림자가 짧아지며 오른쪽에서 왼쪽으로 느릿느릿 옮겨갔다.

새하얀 빛은 불그스름한 노을이 되어 다시 안쪽 깊숙이 찾아왔다.

노을빛마저 사라지고 괴괴한 어둠의 정적이 내려앉은 식은 호롱불 심지에 불이 붙었다.

염세악은 진무의 손을 붙든 채 꼼짝도 하지 않았다.

밤이 깊어지고 풀벌레 소리가 선명해지다 그마저도 고요히 잦아들었다.

지독히도 길게 느껴진 만 하루가 저물어갈 무렵 가늘어진 숨결과 미약한 가슴의 기복만을 보이던 진무가 천천히 눈을 떴다.

처소에 들어온 이후로 단 한 차례도 진무에게서 시선을 떼지 않던 염세악이 저도 모르게 붙잡고 있던 진무의 거친 손을 와락 움켜잡았다.

하지만 그는 애써 격한 마음을 다스리며 진무를 향해 소리 없이 미소를 지었다.

"깼느냐?"

"…어르신."

염세악은 큰 병 없이 그저 노환에 따라 자연스레 쇠약해진 것뿐이라는 말을 들었음에도 진무의 힘없는 목소리에 가슴이 아팠다.

"기력이 쇠잔해져서 그렇다구나. 노환인 게야."

"그렇군요."

염세악은 담담히 고개를 끄덕이는 진무를 보며 가볍게 책망했다.

"이놈아, 네 나이가 몇인데 몸을 그리 험하게 굴리누? 아직도 이팔청춘인 줄 아는 게야? 장문인씩이나 되어가지고 어찌 그리 생각이 없어?"

"송구합니다."

"아직 밤이다. 더 자거라."

진무는 힘겹게 눈을 몇 차례 깜빡거릴 뿐 대답하지 않았다.

염세악은 대답할 기력도 없으면서 정신을 차리려 무거운 눈꺼풀을 기를 쓰고 들어 올리려는 진무의 손을 힘주어 다잡았다.

"내가 어떻게 해줄까?"

진무는 쏟아지는 피로의 한계를 더는 버틸 수 없는지 깜빡이는 눈동자가 흐릿해졌다.

"화산을… 제자들을……."

염세악은 드문드문 이어지는 말이 무슨 뜻인지 알고 고개를 끄덕였다.

"알았다."

진무는 염세악을 바라보며 희미하게 웃었다.

그리고 다시 깊은 잠 속으로 빠져들었다.

* * *

총림당(叢林堂).

화산파의 살림살이를 총괄하는 곳이다. 총림당을 맡고 있는 왕심봉은 장문인 진무와 비슷한 연배였지만 다른 전의 전주들과 달리 바로 아래 항렬인 일대제자이다.

그의 사승이 유독 다른 사형제보다 스무 살 이상이나 차이 나다 보니 대를 잇는 제자들도 그만큼 연배가 차이날 수밖에 없었다.

이 때문에 왕심봉의 사승은 역대로 한 배분 일찍 화산파의 대소사에 참여해 왔거나 일선에서 뛰었다.

총림당 전임 당주는 현 당주인 왕심봉의 스승이었다.

그의 스승인 송학은 수양하는 도인의 표상으로서 평생을 세속의 삿된 것을 멀리하고 항시 냉정하고 엄정한 계율에 따른 삶을 살았고 화산의 문하에게도 그것을 주지시켰다.

그러나 그의 사승을 이은 왕심봉은 스승과는 언행이나 성격이 판이하게 달랐다.

왕심봉은 화산파 내에서도 유독 현실주의자이다.

어려서부터 전전임 총림당주, 스승인 전임 당주까지 총림당의 대소사를 봐온 그는 화산파의 청빈함을 가난함으로, 냉정하고 엄정한 계율에 따른 삶을 융통성 없는 고난을 자초하는 것이라 생각했다.

그래서 스승의 뒤를 이어 총림당주를 제수받았을 때 화산파의 이러한 문제를 폐습으로 여겨 혁파하고자 했다.

하지만 쉽지 않았다.

장문인 진무는 적극적이지 않았고 원로들은 호응해 주기는커녕 오히려 청정도량을 더럽히려 한다며 역정을 내기까지 했다.

나이 차이가 많이 나는 일대제자들이나 그 아래로는 중지를 모을 수 있었지만 배분이 높은 원로들이 참여하지 않는 한 왕심봉이 할 수 있는 것은 한계가 있었다.

세월이 흐르면서 왕심봉도 변해갔다.

내일을 바꾸고자 한 열정이 권태로 바뀌고, 열린 생각과 진취적인 도전 의식은 염세적으로 변해 관성적으로 하루하루를 그냥저냥 보냈다.

"하아……."

왕심봉은 약전 장숙평 사숙의 약재를 살 돈을 내달라는 통보를 받고 텅텅 빈 금고를 보면서 한숨을 터뜨렸다.

오래전에 포기하고 순응해 버린 삶에 대한 후회가 또다시 고개를 치켜들었기 때문이다.

'장문인이 노환으로 쓰러진 상황에 약재 한 첩 살 돈도 넉넉지 않다니.'

무슨 진귀한 약재를 살 것도 아니고 그깟 보양을 위한 약재 한 첩 살 형편도 안 되는 사문의 현실이 새삼 개탄스럽지 않을 수 없었다.

"에헴!"

"……?"

실의에 빠져 한숨만 터뜨리던 왕심봉은 등 뒤에서 들려온 기침 소리에 화들짝 놀랐다.

"엇? 태사조님!"

왕심봉은 언제부터인지 장승처럼 서 있는 염세악을 보곤 벌떡 일어섰다.

"네가 화산파 살림을 두루 책임지고 있다지?"

"예, 태사조."

"그래, 이름이 뭔고?"

"왕심봉이옵니다."

염세악은 고개를 끄덕거렸다.

'태사조께서 이곳엔 어쩐 일로……?'

머리가 허옇게 센 왕심봉이지만 배분을 따지기도 까마득한 전설적인 한호를 앞에 둔 그는 벌써부터 몸이 뻣뻣하게 굳어버렸다.

실내를 죽 돌아보던 염세악이 의자에 앉으며 말했다.

"편히 앉아."

"예."

염세악이 턱 밑의 염소수염을 손가락으로 돌돌 말며 물었다.

"본 파 안에 문외제자 있지?"

"문외제자요?"

왕심봉이 의아한 표정으로 반문했다.

"그래. 지금 경내에 몇이나 머무르고 있느냐?"

염세악의 거듭된 물음에 왕심봉이 선선히 대답했다.

"없사옵니다."

"…뭐?"

염세악이 황당한 얼굴로 왕심봉을 쳐다봤다.

"없어? 한 명도?"

왕심봉이 고개를 내젓자 염세악이 노안을 와락 구겼다.

"그게 말이 돼? 육대문파의 대화산파가! 오악검파의 우두머리인 대화산파가! 섬서제일문파가! 자하신공과 매화검법의 대화산파에 문외제자가 없어?"

"속인 중에 가르침을 청하는 이가 없으니 자연히 문외제자가 없을 수밖에요."

"그……."

그게 무슨 큰일이라도 되느냐는 얼굴로 태연히 대답하는 왕심봉의 말에 염세악은 말문이 막혔다.

틀린 말은 아니지만 그의 태평한 낯짝을 보고 있자니 염세악은 속에서 열불이 뻗쳤다.

"그럼 방계는?"

"방계? 속가제자 말이옵니까?"

"방계든 속가든 어쨌든 본산에서 무공 한 자락이라도 배워서 뭐라도 일가를 이룬 것들 말이다."

"있기는 있습니다만……."

염세악이 인상을 찡그렸다.

"있으면 있는 것이지 말투가 어째 그래?"

"그것이 무슨 뜻으로 하문하시는 것인지 소손이 아둔하

여……."

"그놈들 다 오라고 해."

"예?

왕심봉이 말뜻을 이해하지 못해 의아한 표정으로 반문했다.

"죄다 본산으로 오라고 해."

"예에?"

"섬서뿐만 아니라 중원 각 성에 전부 통문을 날려."

"예에에?"

그제야 상황 파악이 됐는지 왕심봉의 입이 딱 벌어졌다.

화산파가 창건된 역사만 수백 년이다. 아무리 성세가 기울었다지만 전국 각지에 펴져 나가 있는 화산파 제자의 수는 숫자놀음으로 파악될 수 있는 사안이 아니었다.

그런데 그 모두를 파악해 소환령을 내리라니?

"사람을 써서 보내지 말고 그냥 본산으로 오라는 글만 짧게 적어서 보내. 그래야 대답이고 자시고 할 것 없이 일단 오고 보니까."

"예? 그, 그건 예의가 아닌……."

쾅!

"……!"

염세악이 주먹으로 책상을 내려치며 눈알을 부라렸다.

"예의는 무슨 얼어 죽을 놈의 예의야!

"태, 태사조님."

왕심봉이 놀라 움찔했다.

"본산에서 보자는데 감히 속가제자가 그를 거역해? 대관절 여기가 뭐 하는 곳이더란 말이냐! 화산파는 문규도 없더란 말이냐!"

노해 호통치는 염세악의 목소리가 실내를 들썩였다.

"아, 아니옵니다, 태사조님. 소손이 불민하여 그만 실언을……."

"알면 됐고! 일손이 부족할 테니 일단은 각지에 뿌리를 내리고 기반이 튼튼한 무가, 무관, 표국, 상단을 운영하는 속가문인들을 위주로 보내도록 하거라."

"예? 어째서 그들을 우선하여……."

왕심봉이 의아한 표정을 지을 기색이자 뜨끔한 염세악이 호통쳤다.

"하라면 할 것이지 뭔 말이 그리 많은 게야!"

"예엣, 태사조님! 분부 받자옵니다!"

"산 아래 전서구를 운용하는 상회가 있느냐?"

"화음현에는 없으나 서안에 전국에 지부를 둔 비전방(飛電幇)이 있습니다."

"잘됐구나. 거길 통해서 보내도록 해."

염세악이 고개를 끄덕이며 자리에서 일어났다.

"저, 그런데 태사조님."

"왜?"

염세악이 또 무슨 문제가 있느냐는 투로 목소리에 날이 섰다.

왕심봉은 그 서슬에 찔끔했지만 꼭 해야 할 말이 있기에 곤혹스러운 얼굴로 용기를 내 말했다.

"본 파의 사정이 예전 같지 않사옵니다. 실로 불경한 말이오나, 장문인의 명으로 부른다 해도 그들이 부름에 응할지는 장담할 수 없사옵니다."

염세악이 왕심봉을 한심하다는 표정으로 쳐다봤다. 정확히는 왕심봉이 아니라 화산파를 보는 시선이었다.

하지만 어쩌겠는가. 화산파의 현실이 어떤지는 이미 염세악도 짐작하고 있으니.

"그럼 장문인 옆에다 하나 더 보태."

"예?"

"검신이 보잔다고 해."

"……!"

"백 년 전의 검신 한호가 보잔다고."

* * *

"도는 본래 비어… 에잇!"

심통 가득한 소리와 함께 낡은 서책이 구석으로 내팽개쳐졌다.

"아무것도 따르지 않아야 비로소… 이것도 아니고."

턱!

"가고 가서 깨닫… 너나 가라. 으이구!"

탁!

빛바랜 고서가 손에 들려 첫 장이 넘어가기가 무섭게 서책은 한쪽 구석에 던져졌다.

"천지의 도가 공에… 썅! 이놈의 도 타령은!"

기어이 성질을 이기지 못하고 육두문자를 쏟아낸 염세악이 바닥에 벌렁 드러누웠다.

화산파의 비급들을 모셔놓은 현오궁은 엉망진창이었다. 해가 떨어지기도 전에 현오궁에 들어온 염세악이 서가 구석구석의 책들을 꺼내 보고 아무렇게나 집어 던져 난장판을 만들어놓은 것이다.

"염병할 도사 놈들! 빌어먹을 화산파!"

하도 책을 많이 봐서 그런지 염세악은 양쪽 골이 다 지끈거렸다.

"니미! 쌈박한 신공 비급 좀 찾는 게 뭐가 이리 어렵나."

염세악은 참고 참았던 한숨을 길게도 터뜨렸다.

신공 비급이 달리 신공 비급인가?

글 몇 줄 꿰고 옆에서 몇 마디 보태주면 알아서 쑥쑥 자라게 하는 게 신공 비급이 아닌가?

바깥세상에선 꿈에서라도 한 번 들어와 보고 싶은 보고이며 화산파 문하생 중에서도 팔 할 이상은 근처에도 얼씬거리지 못하는 곳이 현오궁이다.

화산의 모든 것이 있는 곳.

하지만 그럼 뭐 하는가.

'이놈의 화산파 신공이라는 것들은 왜 죄다 골치 아프게 뜬구름 잡는 소리가 태반이고…….'

공력도 빨리 쌓고, 자고 일어나면 그새 달라지고, 한눈에 보면 익힐 수 있는 그림도 첨부된 것.

최소한 신공 비급이면 그 정도는 돼야 할 것이 아닌가.

비급 몇 권 꺼내서 후딱 통째로 외운 후 애들한테 잘 가르쳐 보자는 가벼운 마음으로 현오궁에 들어왔던 염세악은 이제는 서가에 꽂혀 있는 서책만 봐도 경기가 날 지경이었다.

무공 비급 중에서도 이름에서 풍기는 느낌이 범상치 않은 것들을 뽑아내 보니 죄다 '도가 어떻고 공이 어떻고' 하는 헛소리가 책의 반 이상이었던 것이다.

그걸 또 대강 넘기고 본편만 보자니 알맹이 빠진 껍질에 불과했다.

어떤 건 아예 법문만 있고 인체 도해나 형을 보여주는 그림조차 없는 것도 있었다.

"저것들이 무슨 비급이라고."

염세악의 입장에선 기가 막힐 노릇이었다.

그렇다고 이제 와서 다 늙은 나이에 도 닦는 공부를 할 수도 없는 노릇이 아닌가.

최대한 빠른 시간 안에 눈에 보이는 성과를 이루는 것이 목표였다.

염세악은 꼬박 수 시진째 책을 보느라 벌겋게 충혈된 눈으로 서각을 노려봤다.

'내가 어떻게 해줄까?'

'화산을… 제자들을…….'

빠드득.

이를 갈아붙이는 염세악의 눈에 오기가 불끈 솟았다.

'오냐! 나 천살마군 염세악이다! 이대로 포기할까 보냐! 심줄 잘리고 내공 다 잃었어도 깨달음 한 방으로 극마경(極魔境)에 든 어른이시다! 그깟 도 나부랭이! 전부 깨달아주마!'

활활 타는 눈빛으로 사방에 어질러진 책을 노려보던 염세악이 제일 가까이에 있는 서책을 다시 집어 들었다.

천강검보(天降劍譜).

염세악은 끓어오르는 심보를 일생일대 초유의 인내력으로 억누르며 한 장 한 장, 한 글귀 한 글귀 읽고 머리에 새겼다.

손발이 부들부들 떨리고 짜증이 솟구칠 때마다 두 손으로 쭈글쭈글한 양 볼살을 잡아당겨 가면서.

'일단 외우고 보자.'

목표를 향한 과정을 수정한 염세악의 판단이었다.

지루하고 짜증스러운 인내의 강을 건너 마침내 뜬구름 잡는 잡설이 반 권 분량을 지나 서서히 끝나가고 있었다.

그리고 마지막 장의 마지막 글귀.

'…침식을 잊고 부단히 수련하면 이십 년 안에 작은 성취를 이루리라.'

"……."

염세악은 할 말을 잃은 채 마지막 글귀, 특히 '이십 년' 이란 글자를 뚫어져라 쳐다봤다.

불길한 느낌에 염세악은 화를 낼 틈도 없이 손에 든 비급을 내팽개치고 다른 책을 집어 들었다.

이번엔 복마칠선검(伏魔七仙劍)라는 비급이었다.

파라라락!

책장을 빠르게 넘기며 오의를 설하는 마지막 장에 눈길이 멎었다.

'…침식을 잊고 부단히 수련하면 사십 년 안에 작은 성취를 이루리라.'

"썅!"

울컥한 염세악이 욕설을 뱉었다.

그리고 다시 집어 든 비급.

무극검(無極劍).

염세악이 비급의 겉장 제목을 보다 움찔했다.

철천지원수 한호의 절기 중 하나라 한참 전쯤에 재수 없다고 중얼거리며 던져 버렸던 비급이기 때문이다.

염세악은 다시 던져 버리려다 갈등 끝에 겉장을 펼쳤다.

—한호가 작은 깨달음으로 후학을 위해 보다 바른 무극검의 진해를 남기노라.

염세악은 첫 장에 쓰인 글자를 보곤 인상을 구겼다.

그렇잖아도 마뜩치 않은 판에 비급을 한호가 다시 저술했다는 소리이니 좋은 마음이 들 리가 없었다.

원래 화산파의 비전이긴 하지만 한호가 다시 엮었다고 하니 꼭 한호가 남긴 무공으로 느껴진 것이다.

하지만 염세악은 다시 한 번 자신의 열린 마음과 한없이 넓은 도량으로 현실을 받아들였다.

'찬밥 더운밥 가릴 때가 아니니까 실리적으로. 아암!'

애써 스스로를 위안한 염세악은 책장을 두루루 넘겼다.

'검신이라고 불린 놈이니 그래도 다른 놈들이랑은 다를 테지. 무공도 한 우물만 판 게 아니라 이것저것 익혔으니까 필시 비책이 있을 거야.'

염세악은 한호에게 처음으로 희망을 걸었다.

그리고 마지막 장의 글귀.

'공부는 끝이 없노라. 일희일비하지 말고 일생을 매진하라.'

"……."

'빨리 가고자 하는 마음으론 도달하지 못하니 아무것도 얻지 못해도 그 또한 도이니라.'

부들부들.

"크아아악!"

"……!"

현오궁을 지키던 일대제자 정헌과 윤기는 현오궁 안에서 들려온 괴성에 깜짝 놀랐다.

동시에 등 뒤의 현오궁을 쳐다본 둘이 조용히 속삭였다.

"태사조께서 또 광태를 부리시는……."

윤기가 표정을 굳히며 낮게 꾸짖었다.

"어허! 말조심하게. 그 무슨 불경한 말인가?"

"흠흠! 내가 잠시 실언했군."

헛기침을 하며 무안해하는 정헌을 뒤로하고 윤기가 현오궁을 보며 근심스러운 표정을 지었다.

"수양하시다 어려움에 처하신 거겠지."

"백 년 전에 벌써 검신으로 추앙받으신 분인데 저리 열심이시다니."

"공부는 끝이 없다고 하지 않나."

둘의 얼굴에는 새삼스레 염세악에 대한 존경심이 무럭무럭 피어올랐다.

"연로하신데 무리하지 말아야 할 텐데 걱정일세."

"하긴 벌써 닷새째지, 현오궁에 들어가신 지가?"

"그렇군."

第四章

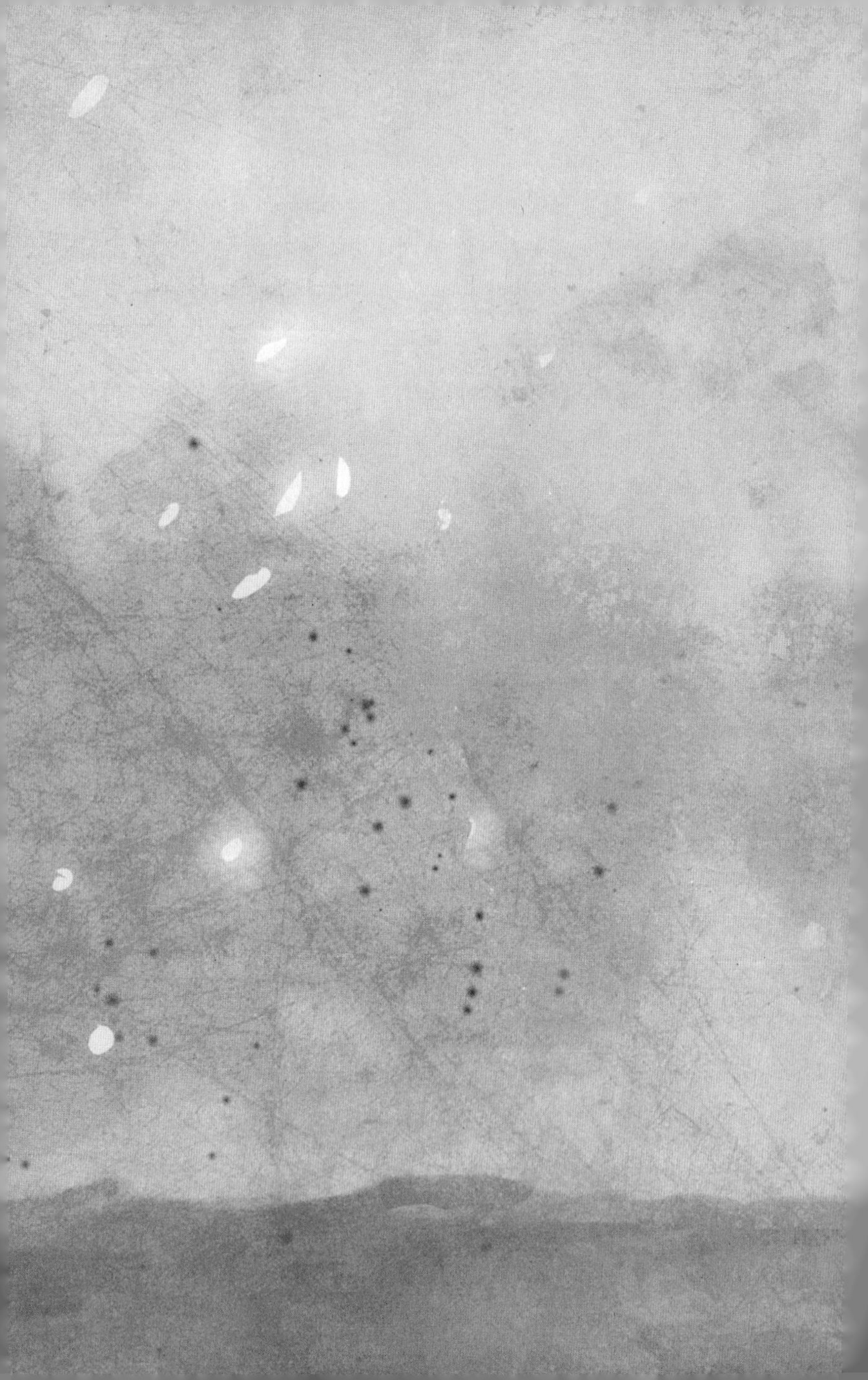

"젠장!"

현오궁을 나서는 염세악이 욕설을 뱉었다.

꼬박 며칠 밤을 지새우고도 아무런 성과가 없기 때문이다.

해가 서쪽으로 넘어가는 것을 보며 염세악이 손으로 거칠게 눈을 비벼댔다.

하도 책을 보다 보니 눈이 쓰리고 빡빡했던 것이다.

염세악은 답답한 마음에 처소로 들어가지 않고 화산파 경내를 목적 없이 걸었다.

'청아원에나 가볼까.'

답답하고 심통 난 마음을 까르르 웃는 아이들과 풀어볼까 하는 생각에 염세악의 발길이 청아원으로 향했다.

하지만 수십 명이 옹기종기 모여 생활하는 청아원은 조용하기만 했다.

"……?"

염세악은 고개를 갸웃하며 조용히 문을 밀고 안으로 들어갔다.

'허?'

내실 안을 본 염세악은 기가 찬 표정을 지었다.

한창 놀 꼬마 녀석들이 하나같이 제 침상 위에 가부좌를 틀고서 눈과 입을 닫은 채 숨만 들이쉬고 내쉬기를 반복하고 있었다.

'어이구! 모양새만 따지자면 경건하기가 소림사 땡중 저리 가라구나!'

염세악은 고개를 절레절레 흔들었다.

숨결의 흐름만 봐도 그냥 명상을 하는 것이 아니라 토납법이나 내공을 수련하는 것임을 알 수 있다.

어려서부터 부단히 수련하는 것이 헛짓거리라 할 순 없지만 염세악에겐 그리 좋게 보이지 않았다.

팔 할 이상이 시장통 아이들도 할 법한 기초 중의 기초인 토납법을 수련하고 있었고, 손에 꼽을 정도로 머리 굵은 몇만

이 그나마 내공 수련이라 할 만한 수련을 하고 있었기 때문이다.

하지만 개중에 수련에 집중하는 녀석은 몇 없는 것이 눈에 훤히 보였다.

정신을 집중하기 위해 감은 눈은 잔뜩 힘이 들어가 질끈 감은 상태이고 굳게 다문 입술은 연신 실룩거렸다.

'저, 저 꼼지락대는 손발이라니! 아주 좀이 쑤셔 죽으려고 하는구만! 쯧쯧!'

도가의 근본은 명상과 내기를 다스리는 것이며, 불가의 근본은 불법의 수양과 외공, 즉 몸을 단련하는 것에서 시작한다.

반면 세속적인 바깥세상의 무공을 수련하는 자는 오로지 '힘' 그 자체에 역점을 두고 수련하기에 정신적인 수양보다는 공력을 쌓는 내공심법과 형을 익히는 수련에 입문해 초식을 몸에 체화시키는 것에 역점을 둔다.

유구한 역사와 전통을 자랑하는 화산파의 수련 과정이 잘못된 것은 아니지만 과정에 융통성이 없었다.

적어도 염세악이 보기엔 그랬다.

더구나 현재 화산파의 실정과는 더더욱 맞는다고 볼 수가 없었다.

한숨을 내쉬며 고개를 흔든 염세악은 조용히 청아원을 나왔다.

염세악은 또 걸었다.

"제일!"

"합!"

"제이!"

"합!"

구령에 맞춰 우렁차게 외치는 기합 소리에 발걸음이 그리로 향했다.

삼대제자들이 거처하는 취성궁(就成宮) 뜰 앞에서 일대제자 반운산이 계단 위를 좌우로 오가며 힘찬 구령을 붙이고 있었다.

염세악은 반운산의 구령에 맞춰 절도 있게 검초를 펼치는 삼대제자들을 그전과 다르게 유심히 살펴봤다.

'성라탄강(星羅呑絳)… 유성추월검(流星追月劍)이군.'

화산파 하면 마땅히 언급되는 검술이긴 하다. 하지만 염세악의 표정은 시큰둥했다.

유성추월검이 화산파만의 검술이긴 해도 본산 삼대제자가 연성할 만한 급수는 아니라고 생각했기 때문이다.

매화검법은 아니더라도 최소한 그 발판이 되어줄 대화검법(大華劍法)이나 뇌명검공(雷鳴劍功), 낙영십이산(落英十二散)을 익히고 있어야 했다.

'어째서 유성추월검을…….'

이해할 수 없는 수련 과정을 보며 의문을 품은 찰나, 반운산이 뒷짐을 풀며 크게 외쳤다.

"검진(劍陣)!"

순간, 질서정연하게 도열해 있던 연무장이 어수선해지며 저마다 여기저기로 뛰어가며 제각각 무리 지어 모였다.

'칠성검진(七星劍陣)?'

염세악의 눈이 가늘게 변했다.

반운산의 외침에 따라 무리 짓는 것이 화산파의 칠성검진임을 어렵지 않게 알아봤기 때문이다.

'이런! 도대체 어떤 놈의 머리에서 나온 게냐. 이따위 연무 과정이라니.'

이상하다 싶었더니 검술을 연마하는 이유가 검진 때문이었다.

개개인의 실력을 쌓아올리는 것을 배제한 채 검진을 위한 목적.

염세악은 그 의도가 빤히 보여 기도 차지 않았다.

'검술 수련의 목적이 이기는 것을 배제하고 공격을 포기한 채 방어 일변도로 버티다가 도망치겠다?'

염세악의 생각이 다 맞는 것은 아니지만 칠성검진의 본질이 그러했다.

이런 식의 수련은 쇠락하는 화산파를 일신하고 인재를 길러내는 데 아무런 도움도 되지 않는다. 도움이 되기는커녕 오히려 시간이 지날수록 해를 끼칠 것이다.

게다가,

"장건! 진두가 움직이면 어찌하느냐! 해평! 아직도 네 자리를 몰라 허둥대? 혼이 나야 정신을 차리겠느냐! 네 이놈, 오상! 똑바로 보아라! 거기가 네가 있어야 할 검진인지!"

그나마 절도 있던 모습들이 검진을 갖추기 위해 저마다 흩어지면서 허둥대고 어설픈 움직임에 저마다 볼썽사납게 변했다.

반운산의 근엄하던 얼굴에 화가 뻗쳐올랐다.

'오합지졸이 따로 없구나. 이게 무슨……. 허!'

"검을 펼치지 마라! 홍유! 유성추월검을 펼치기 전에 검진을 먼저 갖추란 말이다! 검술보다 검진이 먼저다!"

"죄송합니다!"

버럭 하는 반운산을 염세악이 어이없는 눈빛으로 쳐다봤다.

산에서 수도만 한 게 아니라 바깥세상에 나가 칼밥 좀 먹었다는 반운산이 이런 소리를 지껄이자 염세악은 그만 할 말을 잃고 말았다.

취성궁 너머로 이대제자들의 진무궁(振武宮)이 있었지만

들려오는 똑같은 구령과 합창하는 기합 소리에 염세악은 관심을 끊었다.

일이 잘 풀리지 않아 답답한 마음을 풀어보려 나온 염세악은 오히려 가슴에 납덩이가 내려앉는 것만 같았다.

취성궁과 진무궁을 지나 한참을 비탈길을 오르자 여기저기 오밀조밀하게 자리하고 있는 도관들의 전경이 한눈에 들어왔다.

일대제자부터 장로 이상의 원로급들이 머무는 상청은 아래에 있는 취성궁이나 진무궁에 비하면 실로 초라하기 짝이 없었다. 심지어는 청아원보다도 못해 얼핏 보면 도관이라기보다는 조그만 사당이나 사찰에 딸린 작은 암자, 혹은 말사 정도의 규모와 비슷했다.

상청의 가장 중지는 장문인이 머무는 처소인 소요정(逍遙亭)과 현오궁이다. 그리고 화산파의 대소사를 관장하는 자운전, 그 아래로 장문인을 보좌하는 남천관(南天觀), 북천관(北天觀)이 가장 가까이 자리하고 있다. 그 밖에 옥허궁(玉虛宮), 태허궁(太虛宮), 청허궁(淸虛宮) 삼궁과 이런저런 도관이 많았다.

그래 봤자 염세악의 눈엔 출입문에 무슨 각이니 궁이니 해서 편액만 달았지 실상은 약초꾼 오두막으로밖에 보이지 않았다.

그나마도 전부 다 이곳에 사는 건 아니라고 했다.

상청에 거주하는 인원 중 사 할은 도관에서 지내지만 나머지 육 할은 화산 곳곳에 산재한 동굴이나 토굴에 들어가 수도에 전념한다고 했다.

'수도는 얼어 죽을! 먹고 잘 곳이 모자라니까 그런 게지.'

일대제자나 장로급의 원로는 그 수가 많지 않다. 그런데도 기거할 곳이 마땅치 않아 연로한 순으로 토굴이나 동굴로 떠나는 것이다.

문파의 대소사를 직접 챙기는 일대제자들은 따로 함께 모여 살지 않고 적게는 한 명에서 많게는 서너 명이 산재한 도관에 배속되어 장로들의 수발을 들면서 직무를 겸한다.

사실 일대제자가 많지 않은 것은 화산파의 성세가 기운 것과도 관련이 있었다.

일대제자를 일컬어 매화검수라 한다.

매화검수라 함은 화산파 최고의 검학인 매화검법을 연성했다는 뜻이다.

완성은 하지 못했더라도 최소한 형과 식을 체화하여 최소한 육성 이상을 성취하면 일대제자의 지위를 누린다.

일대제자의 수가 적다는 것은 그만큼 매화검법의 형과 식만도 체득한 수가 별로 없다는 뜻과 같다.

심지어 드문드문 보이는 도관 앞에서 검초를 수련하고 있는 일대제자 중에서도 검기라도 뽑아낼 수 있는 고수는 눈을 씻고 찾아도 찾아볼 수 없었다.

그나마 장로들은 나잇값을 했다.

허연 머리를 휘날리며 서리서리 검기를 뿜어내며 대기를 가르고, 육장으로 권강(拳罡)까지는 아니더라도 최소한 권정(拳頂)이나 권와(拳渦)의 경지에 이른 자들이 있었다.

"하아……!"

하지만 염세악은 땅이 꺼려라 한숨을 내쉬었다.

오늘내일하는 늙은 것들과 어린것들 사이의 공부의 깊이 차가 너무도 현격한 현실과, 과거의 잔재가 될 장로들에 비해 내일을 책임져야 할 동량들의 막막한 앞날 때문이었다.

염세악이 풀리지 않는 숙제에 답답한 마음을 안고 막 한 도관을 지날 때였다.

쿠다당!

"윽! 아야야!"

"……?"

딱 들어봐도 꽤나 아플 법한 둔중한 충돌음과 함께 방정맞은 신음을 내지르는 소리에 염세악이 고개를 돌렸다.

이제 서른쯤 됐을까 싶은 녀석 하나가 작은 앞마당에서 허리를 쓰다듬으며 끙끙거리고 있었다.

'어리잖아?'

염세악은 상청에 거하고 있으니 당연히 일대제자일 거라 생각했다. 하지만 먼지 묻은 옷소매에 아무런 표식이 없었다.

일대제자라면 마땅히 매화 문양이 수놓아져 있어야 하기 때문이다.

게다가,

염세악이 쓰러져 있는 녀석의 주위를 둘러봤다.

'검도 없이?'

성세가 기운 것을 의식한 것인지 화산파는 아래에서부터 윗줄까지 죽어라 검술에 목숨을 거는 기풍이 완연했다.

오악검파의 수좌라는 영광의 시대가 있었고 화산파 하면 검파요, 검파 하면 매화검법이니 아등바등하며 검술에만 매달리는 것은 인지상정이다.

그런데 염세악의 눈에 비친 녀석은 손에 검을 쥐고 있지 않았다.

낑낑거리던 젊은 도사가 다시 일어섰다.

그러더니 보폭을 갈지자로 넓히며 왼손은 전방을 향해 부챗살처럼 펼치고 우수는 허리 아래로 내려 손바닥을 거꾸로 뒤집었다.

염세악이 녀석의 자세를 보고 눈썹을 모았다.

'권술인가?'

젊은 도사는 호흡을 가라앉히며 길게 들이쉬더니 이내 숨을 끊었다.

"하앗!"

힘찬 기합과 함께 땅을 밟아 나아가는 보법이 현란한 움직임을 보였다.

그리고 펼쳐 든 좌수가 소맷자락을 펄럭이며 변화무쌍한 모습을 보였다.

'허? 제법이구나!'

염세악은 내공이 실린 진수는 아니지만 초수를 보며 고개를 끄덕였다.

한데 그때 젊은 도사가 이상한 움직임을 보였다.

허리 아래로 내려놓았던 오른손이 현란한 움직임을 보이는 왼손과는 전혀 판이한 움직임의 직선 일변도로 벼락같이 앞으로 나아갔다가 회수되는 것이다.

'저건?'

염세악이 눈살을 찌푸렸다.

앞서 펼친 변화무쌍한 초식은 염세악도 아는 바가 없었다. 하지만 두 번째 전혀 다른 움직임의 초식은 그도 익히 알고 있는 것이었다.

'무영수(無影手)?'

염세악의 표정이 애매하게 변했다.

무영수라는 이름만 들으면 꽤 거창해 보이지만 실상은 그렇지 않았다.

무영수라는 무공은 소림사에도 있고 무당파에도 있으며, 곤륜파나 아미파, 그 밑의 문파에도 수두룩하게 있었다.

특별한 의미가 있는 절학은 아니었다.

그저 대부분의 문파에 무영수라는 이름을 가진 무학이 존재하는 것은 그들 내부에서 손이 보이지 않을 정도로 빠른 손 쓰는 방법을 그리 부르기 때문이다.

당연히 염세악도 화산파의 무영수를 알고 있었다. 알고 있을 뿐만이 아니라 펼쳐 보일 수도 있으며 다른 문파의 무영수도 꽤 여럿 알고 있다.

"으악?"

쿠다당!

'저, 저, 저?'

염세악이 혀를 찼다.

'왼쪽, 오른쪽 제각각 따로 놀면서 중간에 보법까지 바꾸다니.'

그토록 날쌔 보이고 현란해 보이던 청년이 삽시간에 두 손이 어지러워지고 발이 꽈배기처럼 꼬이면서 우스꽝스러운 몰골로 나동그라졌다.

'이놈은 뭐 하는 물건이야?'

염세악은 별 해괴한 놈 다 보겠다는 표정으로 실소를 금치 못했다.

"으윽? 왜 안 되지?"

청년이 살짝 삐끗한 발목을 절뚝거리며 다시 일어섰다.

"애초부터 말도 안 되는 짓거리를 하니 그 모양이지."

"……!"

느닷없이 들려온 기척에 청년이 화들짝 놀라 돌아섰다.

"헉? 태, 태사조님!"

청년이 순식간에 무릎을 꿇으며 머리를 조아렸다.

"됐다! 절은 무슨."

염세악은 질색하는 표정을 지으며 손을 휘휘 저었다.

"여기서 뭐 하고 있었느냐?"

"예? 그, 그것이……."

청년은 염세악의 물음에 대꾸하지 못하고 쩔쩔맸다.

그런 청년을 물끄러미 쳐다보던 염세악이 말했다.

"재밌는 짓을 하고 있더구나."

청년은 염세악의 말에 얼굴색이 환해졌다.

"정말요?"

끄덕끄덕.

"와! 굉장한 시도이지 않습니까?"

끄덕끄덕.

"태사조님께서 보시기에도 뭔가 나올 것 같다는 말씀이

시죠?"

"아니."

"예?"

청년은 잘 나가다가 염세악이 짧게 대꾸하는 말에 뜨악한 표정을 지었다.

"방금 전에는 굉장한 시도라고……."

"굉장하기야 하지. 무림사 이래 전대미문의 얼치기 짓을 누가 시도할 마음이나 먹었겠느냐?"

"……."

청년은 그제야 염세악의 진의를 깨닫고 무안한 표정을 지으며 입을 다물었다.

혀를 차던 염세악이 물었다.

"오른손으로 하던 건 무영수인데, 왼손으로 펼치던 건 뭐냐?"

"예? 매화산수(梅花散手) 말입니까?"

"오! 그게 매화산수였어?"

염세악이 감탄한 표정으로 고개를 끄덕거렸다. 범상치 않은 변화무쌍함이라더니 화산의 권장법 중에서도 수위를 다투는 매화산수라면 그럴 만하다고 느낀 것이다.

그때 청년이 이상한 표정을 지으며 중얼거렸다.

"매화산수는 태사조님의 절기 중 하나인데……."

"험! 헛험! 하도 어, 어쭙잖아서 매화산수인 줄 몰라봤다, 이놈아!"

뜨끔한 염세악이 당혹한 표정을 숨기며 눈알을 부라렸다.

청년이 붉어진 얼굴로 머리를 긁적였다.

"죄, 죄송합니다, 태사조님. 소손이 부족하여 그만 태사조님께서……."

"그건 됐고, 이 웃기지도 않는 해괴한 짓거리는 뭐냐?"

청년이 우물쭈물하더니 염세악이 다시 한 번 눈알을 부라리자 찔끔하며 말했다.

"제가 검보다는 권과 장을 더 좋아하거든요."

"그래서?"

"그중에도 매화산수와 무영수를 좋아하거든요."

"그런데?"

"매화산수는 변화무쌍할 만큼 현란해서 겉모양새가 죽이… 아니, 멋지고, 무영수는 무림의 은거고수가 손을 쓰는 것 같이 간결하고 묵직한 맛이 있거든요."

염세악의 주름진 이마 위로 굵은 힘줄이 돋아났다.

"아, 그러니까 왜 이 짓거리를 하냔 말이다! 젊은 놈의 자식이 뭐가 이리 답답해?"

불호령 아닌 불호령에 화들짝 놀란 청년이 재빨리 대답했다.

"그, 그게 매화산수하고 무영수를 함께 펼치면 보기 좋을 것 같아서."

"…뭐?"

염세악이 이런 미친놈을 봤나 하는 표정으로 청년을 쳐다봤다.

그리고 버럭 고함쳤다.

"야, 이놈아—!"

"헉?"

염세악은 녀석이 깜짝 놀라 손을 들어 머리 위를 막는 자세를 취하자 기가 찼다.

"아니, 뭐 이런 게 다 있어? 누가 때렸냐? 손은 왜 들고 있어?"

"죄, 죄송합니다."

"눈이나 뜨고 말해라, 이놈아!"

"예, 태사조님!"

"아, 눈 안 떠?"

"예, 옙!"

청년이 찔끔해 감았던 눈을 번쩍 떴다.

한심하다는 눈빛으로 혀를 찬 염세악이 청년을 꾸짖었다.

"인석아, 한 가지를 죽어라 파도 모자랄 판에 여기 쑤셨다 저기 쑤셨다 하면 어쩌자는 게야? 니가 검신이냐?"

"헉! 어, 어찌 그런 망극한 말씀을! 아니옵니다!"

청년이 사색이 된 얼굴로 극구 부인했다.

"이놈아! 매화산수든 무영수든 하나만 익혀! 그래야 끝을 보지!"

"하지만 두 가지를 다 펼치면 정말 이상적인 권이 됩니다. 정말이라니까요!"

"쯧쯧! 이런 한심한 놈을 봤나? 두 가지 무공의 성향이 판이하게 다른데 뭘 어떻게 한꺼번에 펼쳐?"

"그야 몸에 습득이 되도록 부단히 단련하여……."

"글쎄, 그게 안 된대도!"

하지만 염세악의 역정에도 순둥이 같은 청년은 울상을 지으면서 끝까지 고집을 굽히지 않았다.

"전 매화산수나 무영수나 잘할 수 있는 초식이 몇 가지가 안 됩니다. 완성이 어려운 한 가지를 익히느니 잘하는 부분을 취합해 그것을 함께 쓰면 좋지 않습니까?"

"불가능하다니까!"

"전 정말 이 두 가지가 좋아……."

"그래도 이놈이?"

말귀를 알아듣지 못하고 의외로 고집을 부리는 청년을 보며 염세악이 따끔히 충고했다.

"야, 이놈아! 성향이 전혀 다른 것을 동시에 어떻게 펼치느냐? 네가 그 우스운 짓거리를 하려다 매화산보의 초식에 따른 권보(拳步)와 무영수의 권보가 엉켜서 넘어지는 꼴을 보아라!"

하지만 염세악의 꾸짖음에 청년은 오히려 뭐가 문제인지 알았다는 듯 기쁜 표정을 지으며 손뼉까지 쳐댔다.

"으앗? 그렇구나! 왜 몰랐지? 보법! 보법!"

"이놈이?"

염세악은 눈꼬리를 확 치켜 올렸다.

"그래도 정신을 못 차리고! 안 된다고 하지 않았느냐! 궤가 다른 무공의 초식을 끊어서 서로 다른 초수를 연환격으로야 쓸……!"

"……?"

청년이 의아한 눈으로 염세악을 바라봤다. 갑자기 말하다 말고 뚝 그치더니 표정이 요상하게 변했다.

"태사조님?"

염세악이 고개를 돌렸다.

그리고 말했다.

"수련 열심히 해라."

"예?"

청년이 뜨악한 표정을 지으며 반문했지만 염세악은 무슨 급한 일이 있는지 벌써 몸을 돌려 밖으로 향했다.

"아차!"

그때 밖을 나가다 말고 염세악이 이마를 탁 치며 고개를 돌렸다.

"너 이름이 뭐냐?"

"이대제자 장평입니다."

염세악이 검지를 들어 가리키며 말했다.

"잊지 않겠다, 장평."

"……."

청년은 괜히 불안해졌다.

* * *

"장문인, 약 드실 시간입니다."

"오냐."

왕직의 힘을 빌려 상체를 일으킨 진무가 약사발을 천천히 들이켰다.

중병이 아닌 자연스러운 노환일 뿐이라고 했지만 모두의 예상과 달리 진무는 열흘이 지나도록 쉬이 병석을 떨치고 일어나지 못했다.

건강이 악화되는 것은 아니었지만 그렇다고 기력을 회복해 좋아지고 있는 것도 아니었다.

남의 힘을 빌려 상체를 일으켰을 뿐인데도 진무는 다시 피로가 가득한 얼굴로 머리를 뉘였다.

"별일은 없느냐?"

"예. 아무 일도 없으니 어서 기력을 회복하는 데만 집중하십시오, 장문인."

"……."

왕직은 장문인이 가만히 바라보기만 할 뿐 뭐라 말하지 않았지만 표정만 봐도 안다는 듯 씨익 웃었다.

"태사조님께서 뭘 하고 계시는지 궁금하지요?"

"귀신이구나."

"에이! 귀신이 뭡니까? 제자가 천리안의 이치를 깨달았습니다요."

왕직의 너스레에 진무가 피식 웃었다.

"녀석, 흰소리 그만하고 어서 말해보거라."

"태사조께선 무지 바쁘십니다."

"……?"

의아해하는 장문인을 향해 왕직이 두 손을 들고서 어깨를 으쓱했다.

"장문인께서 쓰러지시고 난 뒤에는 한 며칠을 현오궁에서 꼼짝도 안 하셨어요. 그러다 어느 날 갑자기 장로님들은 말할 것도 없고 문내의 제자를 모두 불러들이셔서는 각자 연마하고 있는 무공이 뭔지 꼬치꼬치 캐물으시고 또 당신 앞에서 펼쳐 보라고 하셨습니다. 그걸 꼬박 닷새가 넘도록 시키셨다니까요."

왕직은 입이 근질거렸는지 침을 튀기며 떠들어댔다.

"아! 또 있습니다. 총림당의 왕 노사형께 명을 내리셨는데, 전국 각지에 퍼져 있는 속가제자와 방계 가문에 전부 본산으로 오라는 명을 내리셨지 뭡니까? 그것 때문에 왕 사숙은 손님 대접을 어찌해야 하느냐며 아침부터 밤까지 한숨을 흘린다고 합니다. 제가 보기엔 말입니다, 태사조님께서 뭔가 크게 일을 벌이려는 것 같습니다. 그렇지요, 장문인?"

진무는 왕직의 말에 가타부타 대꾸하지 않고 그저 희미한 미소만을 지었다.

"장문인, 또 궁금한 것 없으세요?"

진무가 고개를 흔들었다.

"혹 제가 그동안 얼마나 성취를 이뤘는지 궁금하지는 않으시구요?"

왕직의 물음에 진무가 실소하며 대꾸했다.

"네 가난한 무공이야 더 봐야 이 장문인의 시름만 깊어지지."

"에엑? 장문인!"

진무가 농이라는 듯 가볍게 고개를 내저었다.

"태사조께선 그럼 지금은 뭘 하고 계시느냐?"

왕직이 대답했다.

"사흘 전에 또 현오궁에 들어가셔서 아직도 안 나오고 계신답니다."

* * *

"장평!"

"흐엑?"

들킬 때마다 불호령이 떨어져 요리조리 숨어 다니며 자신만의 무공을 연마하던 장평이 경기를 일으키며 뒤를 돌아봤다.

"태, 태사조님!"

"아직도 그 짓거리를 하고 있는 게야?"

"그, 그것이……."

장평이 어쩔 줄 몰라 하며 허둥댔다. 하지만 꾸짖는 말과는 달리 염세악의 얼굴은 웃고 있었다.

"앞장서라."

"예?"

"예는 얼어 죽을! 청아원에 가는 길이니 앞장서란 말이다."

장평이 의아해 대꾸했다.

"그걸 왜 제가……?"

"그럼 제도원(制道院)이나 가볼까?"

기겁한 장평의 태도가 돌변했다.

"말씀을 하지 그러셨어요."

"좀 전에는 안 간다더니?"

염세악이 딴청을 피우며 어깃장을 놓자 장평이 진중한 표정으로 대꾸했다.

"소손 장평, 태사조의 충성스러운 보검으로써 견마지로를 다해 보필하는 것을 본분으로 알고 살 것입니다."

딱!

"아야!"

장평이 머리를 싸매며 고꾸라졌다.

"에그! 어린 자식이 입만 살아서는!"

염세악과 장평은 가는 길에 일대제자 반운산과 마주쳤다.

"너도 가자."

"……?"

염세악이 다짜고짜 하는 말에 반운산은 어리둥절했지만 원래부터 올곧고 고지식한 면이 있는 성격이라 그저 고개를 조아린 뒤 일행에 합류했다.

그리고 셋은 곧 청아원에 당도했다.

"재밌는 놀이요?"

"그래, 요놈들아."

청아원의 소년 도사들은 오랜만에 찾아온 염세악이 재밌는 놀이를 가르쳐 주겠다는 소리에 제각각의 반응을 보였다.

머리가 좀 굵은 것들은 애써 묵직한 어른스러움으로 관심을 두지 않으려 했고 마빡에 피도 안 마른 어린것들은 놀이란 말에 그저 좋다고 실실거렸다.

염세악은 근처에서 나무 작대기를 하나 주워와 공터 앞에서 선을 긋기 시작했다.

아이들이 우르르 몰려와 염세악이 하고 있는 걸 구경했다.

"우와! 재밌겠다!"

반운산은 태사조가 어째서 자신을 이곳으로 데려왔는지 의도를 알아내기 위해 진지하게 고민하고 있다가 옆에서 덩달아 아이들처럼 희희낙락하는 장평을 힐끗 바라봤다.

'그러고 보니 이 녀석은.'

반운산의 눈썹이 가운데로 몰렸다.

"장평."

"아, 예? 옙, 반 사숙."

구경하느라 여념이 없던 장평이 건성으로 대답하다 자신의 실태를 깨달았는지 퍼뜩 정신을 차리며 고개를 숙였다.

"넌 나와 동기인데 어찌 사숙이라 부르느냐. 사형이라 불러라.”

장평이 머리를 긁적였다.

“제 항렬이 이대제자인 걸요.”

“사문이 그렇게 결정을 내렸어도 누구도 그렇게 생각하지 않는다.”

“…….”

장평은 대꾸하지 않았다. 그저 씁쓸한 미소를 지으며 다시 염세악과 소년들을 향해 고개를 돌렸다.

선을 긋고, 큰 바위를 가져와 곳곳에 내려놓고, 어디서 난 것인지 팔뚝만 한 기다란 말뚝을 가져와 두꺼운 땅거죽을 꿰뚫으며 깊이 박았다.

“자, 다 됐다.”

“……?”

아이들은 염세악의 말에 ‘이게 뭐요?’ 하는 표정으로 영문을 모르겠다는 듯 멀뚱거렸다.

“잘 봐라. 여기가 출발선이다.”

히죽 웃은 염세악이 앞에 서더니 선과 그림을 그려놓은 땅바닥을 한 발 한 발 옮겨갔다.

한 발씩 성큼성큼 내딛기도 하고, 두 발로 폴짝 뛰기도 하며, 몸을 돌려 거꾸로 나아가기도 했다. 그러다 바위를 만나면 경박스럽게 펄쩍 뛰다가 말뚝을 만나면 스치듯 미끄러지며 지나가고 나중에는 공중제비까지 돌았다.

"에이!"

누군가 실망한 듯 투덜거리는 소리가 들렸다.

별로 흥을 느끼지 못한 것이다.

하지만 염세악은 의미 모를 미소를 지으며 녀석들의 시선을 모았다.

"잘 봐라. 이걸 진짜 잘하면 이렇게 되는 거야."

"……?"

다시 출발선에 선 염세악이 발끝으로 땅을 박찼다.

"……!"

"어?"

떨어져서 지켜보던 반운산과 장평이 눈을 치뜨는 것과 동시에 아이들이 함성을 내질렀다.

"와!"

염세악의 신형이 질풍처럼 움직이며 기기묘묘한 그림자를 수놓고 바위와 나무 말뚝의 장애물을 지나칠 때는 눈알이 휘휘 돌 정도로 현란했다.

놀이를 떠나 염세악의 모습에 놀란 아이들이 입을 벌렸다.

'어린것들이란.'

피식 웃은 염세악이 처음 볼 때부터 대가리가 제일 영글었음을 티낸 녀석을 손짓으로 불렀다.

"네 이름이 뭐냐?"

"현승이라 하옵니다."

염세악이 바닥을 가리켰다.

"보이지?"

"예."

방금 전 염세악이 지나간 자리에는 교차하고 만나는 선과 그림, 그리고 바위와 나무 말뚝 주변으로는 땅거죽이 한 치씩 움푹 들어간 발자국이 선명하게 남아 있었다.

"저 발자국을 그대로 따라 하면 된다. 네가 대사형이니 체면은 구기지 말아야겠지?"

순간 현승이란 소년의 굳게 다물린 입매에 힘이 들어갔다.

열심히 하라며 어깨를 두들겨 준 염세악은 반운산과 장평이 있는 곳으로 물러났다.

"와아아아!"

아이들이 서로 하려는 듯 달려드는 것을 현승이 제지하며 뭐라 뭐라 한참을 떠들더니 결국 저 먼저 시작하는 모습이 보였다.

염세악이 흐뭇한 표정으로 아이들을 보더니 반운산과 장평을 보며 말했다.

"어떠냐?"

"뭐가요?"

장평이 고개를 갸웃하며 반문하자 염세악이 한심하다는 눈으로 혀를 찼다.

그때 반운산이 턱밑을 매만지며 말했다.

"발자국의 형태로 보아 칠성미리보(七星迷離步)인 것은 알겠습니다. 그런데……."

"그런데?"

염세악이 눈빛을 빛냈다.

"그 안에 몸을 쓰면서 중간 중간 자연스레 들이쉬고 내쉬고 끊어지는 호흡에 뭔가 있는 것 같사오나 소손이 아둔하여 알아보지 못했사옵니다."

반운산이 송구한 표정으로 고개를 숙였다.

"아니다. 눈썰미가 제법이구나."

염세악은 기특하단 눈빛으로 반운산의 어깨를 두들겼다.

"에엑? 저게 칠성미리보라고요?"

장평이 놀라 입이 벌어졌다.

칠성미리보는 꼬마들이나 익히는 그저 그런 보법이 아니었다.

팔괘에 따른 변(變)과 화(化), 그리고 진법의 이치를 담아 둔형(遁形)의 묘리까지 담긴 칠성미리보는 가르치는 것도 익히는 것도 꽤 까다로운 공부에 속하는 절기다.

"에라이! 녀석아!

딱!

"아야야!"

장평이 정신이 번쩍하는 둔통에 머리를 싸맸다.

"좋겠다! 무념무상(無念無想)의 대도를 이뤄서!"

염세악의 힐난에 장평이 눈꼬리에 눈물방울을 매단 채 울상을 지었다.

"역강육십사공(力强六十四功)이다."

"……?"

이번에는 반운산도 장평처럼 눈만 끔벅거렸다. 일대제자인 그도 처음 들어보는 공부였던 것이다.

염세악은 반운산마저 자신의 기대를 저버리자 실망했지만 반대로 생각하면 그마저도 몰라볼 정도로 먼지에 쌓여 잠자던 것을 끄집어낸 자신의 노고가 증명되는 것 같아 한층 기분이 좋아졌다.

"역강육십사공은 운기권(運氣拳)이다."

"운기권이요?"

반문하는 장평의 눈이 휘둥그레졌다.

운기권이라 함은 좌공이나 와공이 아닌 몸을 움직이면서 내공을 쌓고 근력을 끌어올리는 수련법을 뜻한다.

하지만 지금은 수련 과정으로 각광받지도 않거니와 운기

권 하면 장평의 반응처럼 아예 금시초문이라는 표정을 짓는 경우가 허다했다.

내공을 수련하는 방법이 후대로 갈수록 비약적으로 발전하고 외공이 역근, 역골이 아닌 형과 식을 수련하는 인식으로 바뀌면서 운기권은 세월과 함께 자연스레 도태됐다.

한마디로 말해서 인기가 시들해진 것이다.

특히나 대체적으로 역사와 전통을 자랑하는 유수의 세력들은 뛰어난 내공심법과 비밀리에 전수되는 비예들이 있어 굳이 내, 외공을 동시에 수련할 이유도 필요도 없었다.

그 자체만으로도 내공과 외공을 따로 구분해도 각각의 절학이 있으니 굳이 과거의 유물을 애지중지할 이유가 없는 것이다.

그리고 무림의 오랜 격언인 '백련불여일전(百練不如一專)', 즉 이것저것 백 가지를 익히는 것은 하나를 익혀 정순하게 하느니만 못하다는 만고불변의 이치도 한몫했다.

반운산도 이런 흐름을 알고 있었다. 하지만 태사조가 하는 일이니 뭐라 할 수는 없고 에둘러 표현했다.

"본 파에는 훌륭한 기본공이 많습니다. 아이들이 익히고 있는 토납법인 묘현관법(妙玄觀法)도 있고, 그다음 단계로는 충허심법(沖虛心法)이나 흡로심결(吸露心訣)이라든지 침선비결(沈仙秘訣) 같은……."

"그래 가지고 언제 커? 어느 세월에?"

"예?"

염세악의 힐난에 반운산이 당혹해했다.

"제대로 키우지도 못하면서 융통성 없이 시간만 보내는 네 녀석들 꼴이나 보려고?"

"……."

장평이 힐끔 반운산의 눈을 살폈다.

염세악의 말은 현재의 화산파와 그 화산파의 오늘을 책임지고 미래를 짊어져야 할 반운산 세대에게 폐부를 찌르는 비수 같은 말이나 다름없었다.

염세악이라고 이런 소리를 하는 게 좋지는 않았다. 하지만 해야만 하는 말이었다.

염세악은 굳어진 반운산의 안색을 보며 측은한 마음이 들었지만 현실은 현실이다.

"과거 백 년 전에 천하를 호령한 다섯 명의 고수가 있었다."

장평과 반운산은 염세악의 말을 경청했다.

"좌도 무학의 정수를 얻어 사파의 종주가 된 귀성(鬼聲)과 홀로 천하를 종횡한 도마(刀魔), 그리고 천산의 만마성에서 천하를 굽어본 마교의 흑제(黑帝)."

반운산과 장평은 고개를 끄덕였다. 오래전의 인물이긴 하지만 무림의 한 획을 그은 신화적인 사람들이기에 익히 알고 있는 사실이었기 때문이다.

하지만 이내 둘은 동시에 고개를 갸우뚱거렸다. 당시의 무림에서 태사조까지 합쳐 검신, 귀성, 도마, 흑제를 한데 묶어 천하사대고수라는 말은 귀동냥으로 들어 알고 있지만 다섯 명의 고수가 있다는 소리는 금시초문이었기 때문이다.

이에 장평이 물었다.

"태사조님 빼고 나머지 한 명은……."

"알 것 없다."

"…예."

염세악이 인상을 쓰며 단칼에 말허리를 자르자 장평이 풀이 죽어 입을 다물었다.

차마 자신의 이름을 입에 담을 수는 없는 노릇이었다.

"도마는 파천십이도결(破天十二刀訣)을 얻어 절세고수로 거듭났고, 흑제는 흑암마정문(黑暗魔鋌文)을 얻어 천마심공을 익힌 적통 후계자를 물리치고 마교의 교주가 됐지."

염세악은 옛 기억을 떠올리며 잠시 그들의 얼굴을 떠올렸다.

"전혀 관련이 없는 것 같지만 둘에게는 공통점이 있었다."

"……?"

둘의 눈에 호기심 어린 빛이 떠올랐다. 옛 인물들이긴 하지만 정파의 무인으로 기록된 도마와 마교의 교주에게 접점이 있다는 말이 세인들은 모르는 비화 같은 것으로 들린 탓이다.

"둘 다 각자의 기연을 얻기 전까지 내공심법이라고 익힌 것이 오래전 멸문한 광검각(光劍閣)의 무성권(無性拳)이었다는 것이다."

염세악이 과거의 기억을 접고는 고개를 돌려 둘을 바라봤다.

"무성권은 권법이 아니라 운기권이다."

"아!"

"그런 일이……."

둘은 놀란 표정을 감추지 못했다. 그 대단한 무림의 절대자들이 절세의 내공심법이 아니라 운기권으로 시작했다는 사실이 놀랍기만 했다.

게다가 어찌 전혀 다른 두 사람이 우연히도 같은 출처의 운기권을 익혔는지 신기했다.

그리고 가장 이해가 되지 않는 의문스러운 점.

"한 명은 정파고 한 명은 마공 중에서도 골수까지 마공을 익힌 마인이었다. 전혀 다른 성질의 무공을 익힌 그들이 어찌 그 경지에 오르는 것이 가능했을까?"

염세악은 둘의 심중을 꿰뚫듯 의문점을 콕 집었다.

"무성권, 즉 운기권을 익혔기 때문이다."

"……!"

"내공심법은 각각의 특정한 요결에 따라 비전의 방식으로 독특한 경락과 요혈을 통해 내공을 축기한다. 그렇지?"

반운산과 장평이 고개를 끄덕였다.

"하지만 운기권은 그 출처가 어디든 근본은 같다. 몸을 쓰고 호흡을 통해서 몸의 안팎을 고르게 단련하기 때문이다."

둘은 알 듯 모를 듯해 똑같이 인상을 찌푸렸다.

"즉 특정한 방식에 따라 한번 수련에 임하면 그와 같은 뿌리를 둔 상승의 절학이 아니면 익힐 수 없는 내공심법과 달리 운기권은 무속성이라는 뜻이다. 무엇을 익히든 영향이 전혀 없는 물들지 않은 무명천과 같다."

염세악의 말에 둘은 뒤통수를 맞은 듯 멍해진 표정을 지었다.

"그리고 내가 보기에 역강육십사공이 무성권보다 더 낫다."

"……!"

"역강육십사공은 도합 예순네 번의 동작을 하면서 그 동작마다 따르는 예순네 가지의 특정한 호흡에 따라 연공하는 운기권이다. 이것을 부단히 수련하면 근골이 튼튼해지고 외피는 단단해지며 경락의 묵은 때를 벗겨내고 막혀 있는 혈도를 서서히 녹이는 공능이 있다. 물론 축기는 당연한 거고. 역강육십사공의 기록에 이르길 '완성경에 이르면 여덟 번의 호흡에 대주천을 하리라' 고 하더구나."

순간 반운산과 장평은 눈이 튀어나올 정도로 경악한 표정을 감추지 못했다.

그들의 얼굴에는 동시에 '말도 안 돼!' 라는 빛이 역력했다.

대주천이라니?

아무리 고절한 상승의 내공심법이라도 제대로 된 대주천을 마무리하려면 한나절이 걸린다. 무림에서 신공절학이라 불리는 것들도 아무리 빠르다 한들 최소 두 시진 이상이라고 하지 않는가.

하지만 염세악이 노망이 들지 않고서야 헛소리를 할 리도 만무하니 믿을 수밖에 없었다.

반운산과 장평의 시선이 저절로 아이들이 웃고 떠들며 깡충깡충 뛰어노는 곳으로 향했다.

"허허! 고놈들, 잘 노는구나."

염세악이 마주 아이들을 보다가 너털웃음을 흘렸다. 그 웃음소리에 정신을 차린 장평이 주저하며 물었다.

"하지만 태사조님, 태사조님의 말씀을 믿지 못하는 것은 아니지만 저런 어린 녀석들이 그처럼 어려운 예순네 가지의 동작과 호흡을 따라갈 수 있겠습니까? 한 번 움직일 때마다 호흡을 달리하고 게다가 동작도 다 다르고 호흡하는 법도 다르다면 무척 난해한 공부일 텐데요?"

"벌써 잘하고 있구만, 뭘?"

"예?"

장평의 의문은 반운산이 풀어주었다.

"칠성미리보가 역강육십사공의 예순네 가지 동작을 대신하는군요."

"……?"

염세악이 고개를 끄덕였다.

"잘 보았구나. 칠성미리보는 팔괘를 근간으로 해 예순네 가지의 변화가 숨어 있다."

"그리고 사조께서 땅에 그려놓으신 선과 그림들, 장애물을 따라 움직일 때마다 호흡이 변합니다. 호흡의 수는 정확이 예순네 번."

"흐하하하! 어때? 절묘하지? 이 할애비가 쌍코피를 쏟으며 쥐어짠 묘안이니라! 움화화화화하!"

염세악이 득의만면하여 파안대소했다.

다소 채신머리없는 경박한 모습이었지만 반운산과 장평은 그걸 느낄 틈도 없었다.

그저 경이로운 눈으로 염세악을 바라볼 뿐.

"대사형이 누구냐?"

염세악의 부름에 열다섯에서 많게는 열일곱 살 연령대로 이루어진 삼대제자들 틈에서 한 명이 다가와 머리를 조아렸다.

"양소호라 하옵니다."

많게 봐야 열다섯이나 열여섯이다. 하지만 녀석을 보는 염세악의 눈에 이채가 어렸다.

'허? 어린놈이 기세가 머리부터 발끝까지 칼자루로구나! 난놈이군.'

염세악은 고만고만한 유성추월검을 익혔음에도 벼린 듯 날카로운 타고난 기상을 감지했다.

"이리 따라와 봐."

"예, 태사조님."

반운산과 장평은 염세악이 양소호를 데리고 저만치 떨어지는 것을 멀거니 바라만 봤다.

둘은 염세악을 따라 취성궁에 발걸음을 한 순간부터 과연 삼대제자들에겐 무엇을 전수할 것인가가 초미의 관심사였다.

그런데 예상과 다르게 청아원에서처럼 뭔가를 뚝딱거리지도 않고 몸소 시범을 보여주지도 않았다.

다 모이라고 하더니 대뜸 양소호를 불러내 다짜고짜 끌고 간 것이다.

도열한 삼대제자들도 둘과 마찬가지로 멀뚱멀뚱 염세악과 양소호 쪽을 쳐다봤다.

그렇다고 어디 멀리 간 것도 아니었다.

취성궁 한쪽 모서리로 가서는 쭈그려 앉더니 손가락으로 청석 바닥에 뭔가를 그리며 뭐라 뭐라 말하고 있을 뿐이다.

간간이 양소호가 고개를 끄덕이며 또 뭐라 뭐라 말하니 염세악이 좋다고 껄껄 웃으며 머리를 쓰다듬었다.

길지도 않은 불과 일각의 시간이 흘렀을 때, 염세악과 양소호는 다시 돌아왔다.

"자, 이제부터 너희들 대사형이 새로 연마할 검술을 가르쳐 줄 거다."

삼대제자들은 말할 것도 없고 반운산과 장평마저 뜨악해진 얼굴로 염세악을 쳐다봤다.

"양소호가 가르친다고요?"

장평이 믿을 수 없다는 듯 양소호를 손가락질하며 물었다.

"그렇다."

"뭘 배웠어야 가르치지요?"

"가르쳐 줬다."

"언제요?"

"언제긴 뭘 언제냐? 방금 가르쳐 줬지."

"에엑?"

장평이 희한한 소리를 냈다. 반운산은 둘의 대화를 듣고 있다가 양소호를 바라보며 눈썹을 모았다.

'대체 언제 가르쳤단… 설마?'

반운산은 의구심을 품다가 잠시 전의 상황을 떠올렸다. 하지만 이내 고개를 흔들었다.

말이 되지 않았기 때문이다.

그때, 장평이 황당하다는 듯 말했다.

"설마 그 방금이라는 것이 소호를 데리고 가서 땅바닥에서 낙서하시던 걸 말씀하시는 건 아니지요?"

"맞는데?"

"……!"

이대제자를 가르치는 검교직을 수행하고 있는 일대제자 양연덕은 간단히 몸을 푼 뒤 수련검을 들고 진무궁으로 향했다.

"응?"

진무궁 안으로 막 들어가려던 양연덕이 걸음을 멈췄다.

"사, 사숙님!"

양연덕이 눈살을 찌푸렸다. 수련 준비를 위해 모여 있어야 할 이대제자들이 우르르 몰려나오다 딱 마주친 것이다.

"다들 뭣들 하고 있는 것이냐? 곧 수련할 시간임을 모르느냐!"

평소 엄정한 성격으로 무섭기 짝이 없는 양연덕이 대번에 불호령을 터뜨렸다.

"그, 그것이……."

대답을 못하고 우물쭈물하자 양연덕의 송충이 같은 눈썹이 홱 치켜 올라갔다.

"조세걸!"

"옛!"

양연덕이 고리눈을 하고서 호명하자 이대제자들의 맏이인 조세걸이 뻣뻣해진 얼굴로 튀어나왔다.

"네가 말해봐라. 이게 다 무슨 소란이냐."

"취성궁에 가려는 참이었습니다."

"취성궁? 거길 이 시간에 왜?"

조세걸이 다소 머쓱해져서 말했다.

"태사조님께서 취성궁에 드시어 직접 무공을 전수해 주신다는 말을 들어서……."

"태사조님께서?"

조세걸의 대답은 양연덕으로 하여금 노기마저 잊게 만들었다.

"그게 무슨 말이냐?"

"……!"

순간 뒤쪽에서 들려온 물음에 양연덕 이하 모두가 소리가 들려온 곳을 향해 고개를 돌렸다가 분분히 허리를 숙였다.

대장로 손괴와 몇몇 도관의 관주를 지내고 있는 장로들이었다.

“태사조님께서 직접 가르침을 내리고 계시다 하였느냐?”

“예.”

조세걸은 감히 손괴와 눈빛도 마주치지 못하고 허리를 바짝 숙이며 대답했다.

“허? 그분께서 직접?”

“오오! 태사조께서!”

“이런 경사스러운 일이 있나!”

손괴와 장로들은 서로 눈빛을 교환하며 기쁜 표정을 감추지 못했다.

직접 말은 못했지만 검신 태사조가 은거를 깨고 귀문한 순간부터 그토록 오매불망 염원하던 것이기 때문이다.

“사형, 가보십시다. 태사조께서 어떤 가르침을 내리시는지 궁금하구려.”

“그러세나.”

“자자, 어서 가십시다!”

장로들이 앞서거니 뒤서거니 하며 서둘러 발걸음을 옮겼다.

그 뒤를 양연덕이 성큼성큼 걸음을 옮기자 조세걸이 당황해 소리쳤다.

"사숙님!"

양연덕이 고개를 돌리며 소리쳤다.

"빨리 쫓아오지 않고 뭐 하느냐?"

"그럼 네가 한번 시험해 보거라."

"……!"

반운산의 얼굴이 굳어졌다.

새로 수련할 검술을 말 몇 마디로 가르쳤다는 말에 어이가 없어 태사조 앞이라는 것도 잊고 검술은 그런 것이 아니며 그렇게 해서는 아무것도 성취할 수 없다고 반발하자 염세악이 이리 말한 것이다.

"태사조님!"

반운산은 진심으로 화가 났다. 하지만 염세악은 태연했다.

"복잡할 거 뭐 있느냐? 내가 옳은지 네가 옳은지 증명을 하면 될 것 아니냐?"

그러고는 양소호를 향해 말했다.

"아까 말해준 것 잊지 않았겠지?"

"예, 태사조님."

하늘같은 태사조와 동문의 검술 수련을 가르치는 사실상

의 스승이나 다름없는 반운산의 언쟁에 양소호의 표정이 잔뜩 굳어들었다.

"어려워할 것 없다. 그냥 시작하면 무조건 가르쳐 준 대로 일 초부터 깡그리 내질러라."

"예."

반운산은 시키는 염세악이나 대답하는 양소호나 기가 막힐 따름이었다.

"뭐 해? 나중에 가서 딴소리하지 말고 빨리 붙어봐!"

결국 반운산은 입술을 깨물며 연무장 앞에 섰다. 뒤를 따라 양소호 또한 그의 맞은편에 서서 검을 빼어 들었다.

'이게 무슨 우스운 짓이란 말인가'

반운산은 졸지에 새까맣게 어린 사질과 대련을 벌이게 되자 화가 많이 났다.

그래서 양소호를 조금도 봐줄 생각이 없었다.

반운산이 등에서 검을 빼어 들며 지면으로 비스듬히 내렸다.

"내공은 쓰지 마! 잘못하다 애 잡는다!"

염세악이 손을 모아 외치는 소리가 그렇지 않아도 화가 나 있는 반운산에게 아예 기름을 끼얹었다.

동기도 아니고 사질과의 대련에서 내공이라니.

그럴 일도 그럴 리도 없잖은가.

염장을 지른 염세악 탓에 반운산의 눈에 없던 독기마저 생겨났다.

"오너라."

고개를 끄덕인 양소호가 검을 거꾸로 쥐고 예를 취한 뒤 바로 달려들었다.

반운산이 눈살을 찌푸렸다.

'기수식도 없이 바로?'

생각도 잠시, 양소호의 검끝이 정면으로 직격해 왔다.

반운산은 맞받아치는 것도 싫었고 피하는 것은 더더욱 싫었다.

그에게 있어서 이 상황은 항렬상의 자존심 문제였다.

검 자루를 와락 움켜잡은 반운산이 코앞까지 쇄도해 온 양소호의 좌측을 사선으로 궤적을 그렸다.

창!

경쾌한 금속의 마찰음과 함께 찰나지간 양소호의 검이 반운산의 검끝에서 좌측으로 미끄러졌다.

공격해 들어오는 검을 흘리는 수법이다.

이렇게 되면 검력은 오히려 공격하려는 자의 힘에 의해 방향을 잃어 검로가 어지러워지고 더불어 검의 주인 또한 균형을 잃게 된다.

그다음은,

쉬이익!

"……!"

반운산이 다급히 몸을 틀었다.

비껴 나갔어야 할 검끝이 아슬아슬하게 종잇장 차이로 허리를 스치고 지나갔다.

'어떻게!'

의문을 가질 틈도 없었다.

빗나간 검은 양소호의 두 발이 회전하며 반운산을 향해 한 걸음 내디딘 순간 원을 그리며 다시금 파고들었다.

슈아아악!

반운산이 양소호의 검을 오른쪽으로 쳐냈다.

까— 앙!

튕겨 나간 양소호의 검이 반운산의 여세를 빌려 이번에는 반대로 회전하며 왼쪽을 베어왔다.

쐐애애액!

'검속이?'

양소호가 뻗어오는 검의 속도가 빨라지고 있었다.

반운산이 다시 한 번 양소호의 검을 쳐냈다. 하지만 양소호의 검을 쳐낼수록 오히려 그다음으로 오는 검속은 더욱 배가 됐다.

'그렇구나! 반탄력을!'

어떻게 된 일인지 눈치챈 반운산이 검을 머리 위로 치켜들었다가 쇄도해 들어오는 양소호의 검을 강하게 내려쳤다.

따— 앙!

순간 양소호의 신형이 바닥을 구르며 무릎 아래를 쓸어왔다.

"……!"

"허?"

어느새 취성궁으로 들어와 반운산과 양소호의 대련을 지켜보던 장로들이 기성을 발했다.

"세우검법(細雨劍法)의 일기격검(一氣擊濤)으로 시작해 유성추월검의 유성진곤(流星震坤)과 유성탈혼(流星奪魂)이군요."

"그다음은 소화칠검(小華七劍)의 비화회선(飛花回旋)이고, 저것은……."

뭔가 낯이 익은데 생각이 나지 않아 잠시 미간을 찡그리던 장로 하나가 이내 괴상한 표정을 지었다.

"월, 월영삼세(月影三勢)의 은월참건(隱月斬乾)이로군."

"아?"

"그렇군요!"

장로들이 그제야 고개를 끄덕거렸다. 물론 그들도 알고 있는 검술이긴 했다. 무려 까마득히 먼 사오십 년 전의 어릴 적에 익혔던 검술이라 기억이 거의 나지 않아 그런 것일 뿐.

그때, 그들의 시야에 반운산에게 반격을 당한 양소호가 몸을 던져 땅바닥에 연속으로 몸을 구르며 검을 쓸어가는 것이 들어왔다.

"저것은?"

"지룡… 구전(地龍九轉)?"

황당함을 감출 수 없는 중얼거림을 들은 장로들의 시선이 말을 한 장로에게로 모였다.

"지, 지당도법(地堂刀法)?"

"허?"

지당도법은 화산파의 검술이 아니었다. 게다가 검법이 아닌 도법.

일문의 제자가 문외의 무공을 익히는 것은 금기여서 중죄에 해당한다.

하지만 지당도법은 군문의 군졸들이 쓰는 도법으로 타 문파의 무공을 익혔다고 하기에도 애매했다. 칼 좀 쓰는 무인이라면 누구나 아는 것이 지당도법이기 때문이다.

"그런데 저 아이는 대체 누구요? 검속이 보통이 아니질 않소? 아무리 내공을 운용하지 않고 있다지만 운산이가 저리 애를 먹다니?"

"운산이 쳐낸 검력의 반탄력까지 실려서 그리되는 것이 아니겠나?"

"하지만 그런 것으론 한계가 있질 않은가? 지금 저 아이의 검속은……."

"떠들지 말고 저 아이의 검로를 잘 보게."

"……?"

그전까지 한마디도 하지 않았던 손괴의 표정은 침중해져 있었다.

반운산은 양소호가 쓰는 검초를 보곤 기가 막혔다.

'지당도법?'

하지만 반격은커녕 정신없이 물러서고 있는 건 반운산이었다.

게다가 땅에 몸을 구르면서 검초를 날림에도 검속은 전혀 줄지 않고 있었다.

'임기응변일 뿐이다! 기교로는 정공을 이길 수 없다!'

반운산의 양소호의 대응 방식을 폄하했다.

그리고 이전까지 단순히 검을 받아내던 것과 다르게 검초를 썼다.

태을검법(太乙劍法)의 호연패월(湖鳶沛越).

이대제자 중에서도 알아볼 수 있는 이가 드문 상승의 검법을 양소호를 상대로 썼다는 것은 반운산이 평정심이 무너져 흥분했음을 뜻했다.

양소호는 눈앞에서 반운산의 검끝이 수십 개로 갈라지는 환상을 보며 머리털이 쭈뼛 섰다.

'뭐가 뭔지 모르겠으면 돌아.'

'예?'

'빙빙 돌란 말이다.'

'그게 무슨……?'

'몸으로 때우다 보면 다 알게 돼.'

위기의 순간 염세악의 말을 떠올린 양소호는 검을 가슴 앞에 수직으로 세워 몸을 보호한 뒤 우측 상방으로 비껴 나아갔다.

찌이이익!

"……!"

양소호의 어깨 부근 도포 자락이 예리한 검풍에 잘려 나갔다.

반운산은 흥분해 하마터면 양소호를 상처 입힐 뻔했지만 자신의 실태를 깨닫기는커녕 검초를 피했다는 사실에 크게 놀랐다.

"하아앗!"

그때 반운산의 어깨를 스치듯 지나친 양소호가 고개도 돌려보지 않고 손목을 꺾어 검을 날려 왔다.

"웃?"

카카캉!

반사적으로 막아낸 반운산이 어느새 이마에 험악한 인상을 그리며 검을 휘둘렀다.

창! 차창! 차차창! 차차차창!

반운산이 상승의 검법으로 양소호를 몰아붙였다.

하지만 양소호는 허실을 구분할 수도 없는 고절한 검초를 흘리고, 받아치고, 막아내며 반운산을 중심으로 끝없이 원을 그렸다.

반운산의 검초가 매섭게 변할수록 그의 주변을 끊임없이 도는 양소호의 발도 무섭도록 빨라졌다.

둘의 대련을 바라보던 삼대제자들은 놀라운 광경에 웅성거리기 시작했고, 장로들은 경악해 입이 얼어붙은 듯 말이 없어졌다.

따앙! 따아앙! 따아아앙!

'이럴 수가?'

검과 검이 충돌하는 간극이 짧아질수록 검속과 검에 담긴 힘도 더욱 배가됐다.

'어찌 이런 일이! 점점 더 빨라지고 있질 않은가?'

반운산은 어느새 어금니가 꽉 다물릴 정도로 힘을 쓰고 있었다.

'그렇지! 그렇지! 생각 이상으로 잘하는구나! 저놈 저거 물건이로세!'

염세악은 이제는 격렬하다고 할 만큼 접전을 펼치는 양소호를 기특한 눈빛으로 바라봤다.

"음?"

순간 염세악이 눈살을 찌푸렸다.

반운산으로부터 기파가 감지된 것이다.

"저놈이? 내공은 쓰지 말라니까!"

그러자 곁에 있던 장평이 염세악의 말에 눈을 휘둥그레 치떴다.

내공이라니?

일대제자가 삼대제자를 상대로 검에 내공을 쓰고 있단 말인가?

"핫!"

반운산이 버럭 기합을 내지른 순간 검을 든 소맷자락이 풍선처럼 부풀어 오르더니 검광이 번쩍였다.

그때 모두가 지켜보는 가운데 놀라운 광경이 벌어졌다.

반운산의 강력한 검격과 충돌한 양소호가 검을 놓치고 비틀거리며 뒷걸음치는 것처럼 보였다.

한데 양소호의 손에서 떨어진 검이 불쑥 반운산의 가슴 한가운데를 향해 직격하는 것이 아닌가.

경악한 표정을 역력히 볼 수 있는 반운산이 맞받아칠 여유도 없이 다급히 회피한 순간, 비틀거리며 물러난 양소호가 손을 뻗자 마치 허공을 격하고 잡아당긴 것처럼 검이 다시 손아귀로 빨려들어 갔다.

"저럴 수가!"

"어찌!"

"저게 어떻게?"

사방에서 경악성이 터져 나왔다.

하지만 염세악은 오히려 표정이 가라앉았다. 양소호에게 새로운 검술을 전수한 당사자이기에 지금이 자칫 위험한 상황으로 변할 수 있음을 오직 그만이 알고 있었기 때문이다.

스르릉.

탁.

"……!"

"그만해라. 너도."

"윽?"

반운산과 양소호는 심장이 튀어나올 정도로 기겁했다.

치열한 검격이 오는 상황에서 갑자기 둘 사이로 염세악이 유령처럼 불쑥 솟아나더니 어느새 양손으로 각자의 뾰족한 검끝을 엄지와 검지로 가볍게 잡은 것이다.

전설의 검신이니 이 정도 신위야 당연한 것이겠지만 머리로 추측하던 것과 직접 눈으로 보게 되는 것은 그 느낌부터 현격한 차이가 있었다.

"고생했다. 처음치고는 아주 잘했구나."

"송구하옵니다, 태사조님."

양소호가 창백해진 안색으로 고개를 조아렸다.

"생각하고 또 생각하면 검술에 담긴 오묘함을 더 많이 깨칠 것이다. 그리고 오늘의 대련을 절대 잊지 마라. 천 일을 수련한 것보다 오늘의 이 대련이 너의 성취를 몇 년은 앞당길 것이니라."

"명심, 또 명심하겠나이다."

염세악이 손짓했다.

"가봐.

"예."

양소호는 허리를 숙인 채 뒤로 물러나 이내 동문 사형제들이 있는 곳으로 달려갔다.

"쯧쯧! 칠칠맞게 그게 뭐냐?"

"……!"

염세악의 혀를 차는 소리에 충격에 빠져 있던 반운산은 정신이 번쩍 들었다.

"마빡에 피도 안 마른 애들한테 밀리는 게 그렇게 억울했냐? 생긴 것하고 다르게 속은 좀생이구만."

"……."

반운산은 입이 열 개라도 할 말이 없었다.

"이제 할 말 없지? 아직도 승복을 못하겠느냐?"

털썩.

"……?"

염세악은 반운산이 갑자기 땅에 무릎을 격하게 박으며 꿇자 '얘가 왜 이래?' 하는 표정으로 내려다봤다.

"감히 태사조님을 능멸한 죄, 벌을 내려주옵소서."

"일없어, 이놈아."

염세악이 티꺼운 얼굴로 손을 내저었다.

"태사조님!"

"아, 시끄러워! 나 바쁘다. 앞장서라. 진무궁으로 가자."

그때, 귀청이 떨어져라 아우성이 터졌다.

"태사조님!"

"저희 여기 있습니다!"

"제가 대제자 조세걸입니다!"

염세악이 인상을 쓰며 손으로 귀를 틀어막았다.

'아이구! 시끄러워라! 이놈들이 왜 이래?'

"살이 타고 뼈가 녹는 열정으로 임하겠습니다!"

얼씨구?

'방금 말한 놈은 누구야?'

염세악은 과거가 의심스러운 말에 기도 안 차 실소를 흘렸다.

第五章

“요즘 바쁘다지?”

“어이쿠! 그런 말씀 마십시오. 요즘 어디 저만 바쁩니까? 생색도 못 내겠습니다.”

대장로 손괴와 차를 마시던 총림당의 왕심봉이 손사래를 쳤다.

손괴가 그 말에 빙그레 웃었다.

왕심봉의 말대로 요즘 화산파는 아주 부산했다.

“아이들에게 듣기는 했습니다만, 신 사숙은 어떻습니까?”

“두문불출일세.”

고개를 흔드는 손괴가 헛웃음을 흘렸다.

왕심봉도 걱정하는 말투와 달리 웃음을 터뜨렸다.

"허허허! 충격이 큰 모양입니다."

"우리 중에 말석이긴 해도 무공의 깊이로 따지면 장문인 다음으로 가장 뛰어나지 않나? 명색이 침정궁(沈靜宮)의 궁주인데 그런 일을 겪었으니 충격을 받을 만도 하지."

"그 참! 내일모레면 진갑이신 분이 아직도 승부욕은 대단하십니다."

"승부욕은 무슨. 나이가 들어도 좁아빠진 마음 씀씀이가 변함이 없는 게지."

"받잡기 민망하옵니다. 대사백."

"민망할 것 없네. 이미 망신살이 뻗쳐 그놈 체면이 말이 아닐 게야."

"허허허!"

왕심봉은 한 배분 아래 사질의 신분이라 더 이상은 맞장구치지 못하고 애매한 웃음을 지었다.

침정궁은 화산파 내에서도 가장 무공에 뛰어난 재능과 성취를 보이는 이들을 고르고 골라 키우는 곳이다. 당연히 침정궁의 궁주라면 명실공히 당대 화산파 최고수임을 뜻한다.

화산파 최고수로서, 침정궁의 궁주로서 화산파의 모든 수련 과정을 전담해 온 신응담은 염세악이 새롭게 전한 검술과 수련 방향에 대해서 반발했다.

염세악이 화산파의 검술이며 그전의 수련 과정에 문제가 있음을 세심히 설명해 줬지만 신응담은 아예 들으려고도 하지 않았다.

결국 성질이 뻗친 염세악은 반운산처럼 이대와 삼대의 대제자인 조세걸과 양소호를 불러 신응담에게 이들과 겨뤄보라는 만행을 저질렀다.

당연히 신응담은 분노했다.

사질인 일대도 아니고 사손, 사증손 뻘의 아이들과 손속을 겨뤄보라니 모욕을 느끼지 않을 수가 없었다.

염세악은 그런 신응담에게 명색이 화산파 최고수이니 둘을 상대로 한 발짝이라도 물러나면 패배를 인정하라며 도발해 불을 지폈다.

결과는 경악스러웠다.

화산파 최고수라는 신응담이 불과 반각을 버티지 못하고 한 발짝도 아닌 무려 열 걸음이나 물러선 결과를 낳았기 때문이다.

하늘과 땅에서 쉴 새 없이 몰아붙이는 연환 검격.

"태사조께서 제자들에게 전수한 검술이 그렇게 훌륭합니까?"

"말해봐야 감이 안 올 걸세. 직접 봐야 느낄 수 있을 테니까."

"허! 그 정도입니까? 대체 무슨 검법이기에?"

"다 자네가 아는 검법일세."

"예?"

손괴의 말에 왕심봉이 무슨 뜻인지 몰라 의아한 표정을 지었다.

"간단히 말하자면 태사조께서 전수하신 검법은 본 파의 여러 검법상에 있는 초식들을 취합한 것이라네."

"그래요?"

왕심봉이 뜻밖이라는 표정을 지었다. 딴에는 지고한 경지에 도달한 태사조가 새로이 창안한 신공을 후학에게 전수한 것이라 추측했기 때문이다.

"아니, 그럼 신 사숙이나 운산이 녀석이 뻔히 아는 검술에 당했다는 겁니까?"

왕심봉이 이해가 가지 않는 얼굴로 물었다.

"왜? 의심스러우면 자네도 한번 붙어보지 그러나?"

"허허험! 거 무슨 말씀을!"

손괴의 말에 왕심봉이 펄쩍 뛰었다.

"태사조께선 새로운 무공을 전수하지 않고 각자 이대와 삼대 아이들이 익히 알고 있는 검초들을 엮어 전수하셨네. 그러니 또래 중에 발군인 세걸이와 소호가 구결로만 전해 듣고 그런 놀라운 일을 벌인 게지."

왕심봉이 그 말에 백미를 찌푸렸다.

"하지만 그것은 임기응변의 교공(巧功)에 불과하지 않습니까? 당장에야 어떨지 모르겠지만 나중을 생각하면 상승의 경지로 나아가기에는 하등의 도움도 되지 않을 터인데……."

"교공?"

손괴가 왕심봉의 말을 되뇌며 쓴웃음을 흘렸다. 그 또한 처음에는 왕심봉의 생각과 다르지 않았기 때문이다.

"소호가 운산이와 겨룰 때 아주 잠깐이긴 했지만 녀석이 능공어검(凌功御劍)의 모습을 보였네."

"푸웃!"

왕심봉이 차를 마시다가 놀라 그만 입으로 찻물을 뿜었다.

"그, 그게 참말입니까?"

"물론 진짜 능공어검은 아니네만, 겉으로 보기엔 능공어검과 똑같아 보였다네."

왕심봉은 기함한 얼굴로 손괴를 쳐다봤다.

능공어검이라니!

공간을 격하고 멀리 떨어져 있는 검을 다스리는 경지를 가리키는 말이 아닌가.

일평생을 수련에 바쳐도 도달하지 못하는 무인이 구 할 이상인 경지가 능공어검의 경지다.

한데 장로급조차 도달하지 못한 비경을 겨우 새파랗게 어린 삼대제자가 보였다?

"어떻게 그게 가능합니까? 말이 안 되지 않습니까, 대사백?"

왕심봉은 흥분해 소리쳤다.

손괴는 문파 전체가 흥분해 수일 동안 들떴던 감정을 한참이나 지나서야 얼굴이 시뻘게져 침을 튀며 말하는 왕심봉을 보며 미소를 지었다.

"비슷하다고 했지 진짜 능공어검은 아니라고 했잖은가?"

"그게 무슨 말입니까? 능공어검의 경지라는 것이 어디 비슷하게나마 보일 수 있는 공부입니까?"

"소호의 공력은 일석(一昔:십 년) 공부에도 미치지 못할 정도로 일천하네."

"그러니까 어떻게 그게 가능하냐는 겁니다!"

"평생을 수도했지만 나도 딱 짚어서 뭐라 말하기가 힘드네. 다만 태사조께서 구현한 검술 체계의 검초가 운산의 검력과 거기에 담긴 공력을 가둔 것만은 확실해."

손괴의 말에 왕심봉의 눈이 휘둥그레졌다.

"검초가 진기를 가둔다고요?"

"그렇다네."

담담히 대답하는 손괴와 달리 왕심봉은 얼빠진 표정으로 눈만 끔벅거렸다.

"내가 아무리 떠들어봐야 다 무소용이니 시간이 나거들랑 직접 보게."

손괴도 그렇게밖에 할 말이 없었다. 스스로도 아직 파악하지 못한 것을 무슨 수로 설명할 수 있겠는가.

"대사백!"

"응?"

"태사조께서 전수하신 그 검법, 뭐라고 부릅니까?"

"그게……."

손괴의 표정이 애매하게 변했다.

*　　*　　*

"검신무(劍神武)?"

"예. 태사조님께서 가르침 내리신 검법을 다들 그렇게 부르고 있던데요?"

순간 장평의 말에 염세악이 인상을 와락 구겼다.

검술은 잘 배우고 있나 싶어서 경내 곳곳을 둘러보고 있는데 장평이 달려와서 한다는 말이 염세악의 속을 뒤집어놨다.

'이런 떠그랄! 고생은 내가 했는데 왜 한호 그놈이 제사상을 받는 거야?'

하고 많은 이름 중에 하필이면 '검신'이란 글자를 집어넣

는단 말인가.

화산파 문하 제자들은 감히 하늘같은 태사조가 자신들을 위해 직접 궁리하여 전한 오묘한 검법이기에 그 한없는 은혜와 존경심을 담아 별호인 검신을 따서 붙인 것이다.

하지만 밤잠 잊고 쌍코피를 흘려가며 생고생을 한 염세악으로선 실로 미치고 팔짝 뛸 일이 아닐 수 없었다.

'젠장! 그냥 확 살신무(殺神武)라 부르라고 할까?'

신을 죽이는 무예라는 뜻이니 돌려 말하면 검신을 죽이는 무예라는 뜻이 되는 것이다.

"표정이 왜 그러세요?"

"아! 몰라, 이놈아!"

염세악은 애꿎은 장평에게 빽 소리를 지르며 분풀이를 했다. 그래 봤자 천성적으로 신경 줄이 굵은 장평은 신경도 쓰지 않는 눈치였다.

염세악은 몇 걸음 옮기다 말고 뒤를 홱 돌아봤다.

"왜 자꾸 따라와?"

"헤헤. 태사조님."

장평이 실실 웃으며 엉겨 붙자 염세악이 티꺼운 표정으로 흘겨봤다.

"웃지 마, 이놈아! 정 들어."

"태사조님~!"

"저리 가, 인석아. 똥 마려운 강아지새끼마냥 왜 이래? 가서 수련 안 해?"

장평이 그 말에 기다렸다는 듯 입을 쭉 찢으며 말했다.

"그 일 때문에 태사조님께 부탁드릴 일이 있어서요."

"부탁?"

염세악이 미간을 좁혔다.

"태사조님, 제게도 무공 하나 하사해 주십시오."

"뭐?"

장평의 말에 염세악이 무슨 개 풀 뜯어 먹는 소리냐는 얼굴을 했다.

"태사조님께서 침식을 잊고 고심 끝에 저토록 천고에 다시 없을 희대의 검로를 만들지 않으셨습니까?"

"천고에… 흠흠! 그렇지. 음!"

장평의 거창하기 짝이 없는 찬사에 염세악의 목에 힘이 들어갔다.

평생 어디 가서 칭찬 한번 받아본 일이 없다 보니 의외로 염세악은 좋은 말에 약해 아부와 칭찬도 구분하지 못했다.

"그래서 드리는 말씀인데, 제 것도 만들어주십시오."

"뭐?"

염세악이 좋아하다 말고 장평의 말에 눈살을 찌푸렸다.

"매화산수하고 무영수를 결합해 제가 연성할 수 있는 기가 막힌 권로를…….”

“일없어, 이놈아!”

염세악은 다 듣지도 않고 딱 잘라 거절했다.

“아이, 태사조님.”

“이거 놔. 그건 안 되는 일이라 하지 않았느냐? 이놈이 아직도 정신을 못 차리고 또 허튼소리를 하는구나.”

장평은 염세악이 소매를 뿌리치자 아예 무릎을 꿇고 바짓가랑이를 붙들었다.

“태사조님!”

“헉? 이거 안 놔! 얼른 놔, 인석아!”

장평이 간절한 눈빛으로 매달렸다.

“태사조님, 그러지 마시고 한 번만 생각해 주세요!”

“싫어!”

“태사조님!”

“아, 글쎄, 안 된다니까!”

“태사조님, 이렇게 간곡히 간청하옵니다!”

장평이 필사적으로 바짓가랑이를 붙잡고 늘어지며 머리를 바닥에 쿵쿵 찧었다.

“야, 이 녀석아! 머리가 깨지도록 찧어봐라! 되지도 않을 무공이 나오나!”

“태사조님! 제발요! 태사조님께서 제 전용 권로를 만들어

주시면 제가 본 파 역사에 길이 남을 이름을 지어 인구에 회자되도록 하겠습니다."

"인구에 회자는 얼어 죽을!"

염세악은 장평을 비웃었지만 마음이 동하는지 힐끔 장평에게 시선을 줬다.

눈치가 빠른 장평이 이때가 기회다 싶어 말했다.

"이런 말씀 안 드리려고 했는데, 제가 벌써 이름까지 지어 놨습니다, 태사조님."

"뭐? 지어놨어? 그게 뭔데?"

염세악은 호기심이 동하는지 장평 가까이 허리를 숙였다.

"놀라지 마세요. 바로……."

장평은 득의양양한 얼굴로 잠시 말끝을 흐렸다.

"그것은 바로 무적한호권(無敵寒虎拳)입니다!"

"……."

"놀라셨죠? 저는 다른 동문들과는 격이 다릅니다. 태사조님께서 직접 전수하실 신공 절학인데 태사조님의 함자가 들어가야 안 되겠습니까? 하하하!"

"……."

염세악은 굽혔던 허리를 쭉 펴며 잠시 하늘을 봤다.

"감동하셨어요? 에이, 뭘 이 정도 가지고, 태사조님도 참."

"내 너를 진작부터 알아봤다."

장평의 얼굴에 기쁨이 어렸다.

"그래, 넌 이런 녀석이지."

장평이 고개가 연신 끄덕거렸다.

"말로 해서는 안 되는 녀석인 것을."

"……?"

연방 방긋하던 장평이 멈칫했다.

하늘을 올려다보던 염세악이 고개를 숙였다.

"말귀를 알아듣게 하는 데는 매보다 좋은 것이 없지."

"히익?"

장평이 그 말에 화들짝 놀라 후다닥 뒤로 물러났다.

염세악이 양손의 주먹을 우두둑거리며 손을 풀었다.

"매 중에 단연 으뜸은 주먹이고."

"태, 태사조님!"

"이리 와."

"으악! 용서해 주세요!"

"시끄러!"

퍼퍼퍼퍼퍽!

"아아아악!"

* * *

화산파가 변하고 있었다.

그 시발점은 염세악이었다.

상식을 뛰어넘는 검로의 체계와 '검신무'라 지칭하는 새로운 검술은 실로 오묘하여 장로급의 실력자들조차 검로에 숨은 비밀을 다 알아내지 못할 정도였다.

당사자인 염세악에게 물어봐도 '해보면 안다'든지 '신경꺼'라는 면박을 당하기 십상이었다.

이대, 삼대제자들은 염세악이 전수한 검로를 이제까지와는 다른 자세로 임하며 수련에 몰두했다. 물론 그전에도 수련을 게을리한 것은 아니지만 열정이 있는 것과 없는 것의 차이는 컸다.

그들은 반운산과 신응담의 대련 사건 이후로 염세악이 '사실은 원시천존이 부처야'라고 말해도 믿을 기세였다.

게다가 검신무의 검로 자체가 처음 대하는 것이 아니어서 새로운 것을 익혀야 하는 낯설음이 아닌 원래부터 알고 있는 것들을 모아놓은 것이기에 검로에 익숙해지고 몸에 체득하며 무(無), 변(變), 화(化)의 묘리를 궁리하고 또 궁리하는 것만이 사실상 수련의 전부일 뿐이었다.

자연스러운 변화도 생겨났다.

후퇴는 없는 오직 앞으로만 나아가는 연환 검격을 수련하는 삼대제자들과, 검법을 시전하는 것과 동시에 적이 쓰러지기 전까지는 거의 땅에 발을 딛지 않는 이대제자들의 공중 연환 검세는 그것이 얼마나 뛰어난 검로인지 누구보다 당사자들이 잘 알았다.

하지만 그들은 이 두 가지가 합쳐졌을 때야말로 비교할 수 없는 무쌍의 연수합격술이 됨을 알고 있었다.

가장 먼저 안 이는 직접 경험해 본 이대제자 조세걸과 삼대제자 양소호였다.

화산파 최고수이자 무섭기 짝이 없는 원로인 침정궁주 신응담과의 대련 이후 느낀 바가 있는 조세걸과 양소호는 그때부터 만남이 잦아졌다.

항렬의 차이로 그리 친근한 사이가 아닌 둘이었지만 검로의 비밀 중 하나를 경험으로 체득한 둘은 서로 생각하는 바를 나누고 각자가 익힌 검술까지 상의하고 보완하며 검신무에 대한 깊이가 하루가 다르게 변화했다.

둘의 이러한 모습을 지켜보던 다른 이들도 선의의 경쟁심과 열정으로 딱딱한 항렬 따위는 던져 버리고 격의 없는 교류가 오가기 시작했다.

삼대제자의 부족한 시야와 공부의 깊이는 이대제자가 채워주고 이대제자는 어느 정도 틀에 짜인 고정관념을 가끔 어처구니없어도 전혀 새로운 발상의 신선함이 있는 삼대제자를 통해 상호 보완하며 실력을 키워갔다.

하지만 의외로 화산파 내에서 최고의 관심사가 된 대상은 청아원의 어린 소년 도사들이었다.

반운산과 장평의 입을 통해 알려진 역강육십사공이라는 운기권과 변화막측하여 어려운 공부라 정평이 나 있는 칠성미리보를 꼬마들이 익히고 있다는 소리에 장로들과 일대제자들마저 청아원으로 구경 왔다.

칠성미리보야 원래 대단한 공부라 제쳐 두고라도 그들은 아이들이 놀이 중인 역강육십사공이 범상치 않음을 한눈에 알아봤다.

게다가 반운산이 태사조 왈, '대성하면 여덟 번의 호흡으로 대주천을 마칠 수 있다' 고 언급하자 역강육십사공은 화산파의 최고 뜨거운 감자로 부상했다.

오죽하면 일대제자들마저 늦은 밤 시간에 몰래 청아원으로 들어와 아이들이 하던 놀이 방식을 그대로 따라 해보는 경우까지 벌어졌겠는가.

특히나 열정과 욕심이 무럭무럭 생겨난 이대와 삼대제자들은 어떻게든 역강육십사공을 익히려 눈에 불을 켜고 노골적으로 덤벼들었다.

이 때문에 정작 수련해야 할 당사자인 청아원의 꼬마들이 항렬이 깡패라고 구석진 곳으로 밀려나 구경만 하는 신세로 전락하는 부작용까지 생겨났다.

이에 보다 못한 염세악이 나서서 토납공 이상의 특정한 내공심법을 연성한 자는 성취를 이룰 수 없다는 말에 모두가 크게 낙담하여 아쉬운 발길을 돌려야 했다.

하지만 진짜 낙담을 넘어 밤잠을 설치는 이들은 따로 있었다.

바로 문파의 실질적인 기둥이라 할 수 있는 일대제자들이었다.

아래로 이대, 삼대, 청아원의 꼬맹이들까지 염세악에게 가르침을 받았지만 그 후로 한 달이 가고 두 달이 가도 일대제자들에겐 아무런 가르침이 없었다.

하루에도 화산파 곳곳을 들쑤시고 다니며 열정적으로 가르치던 염세악도 어쩐 일인지 일대제자들에게 아무런 말이 없었다.

평균 나이대가 사십을 넘은 그들이지만 나이를 먹었다고 해서 무공에 대한 열망이 젊고 어린 층과 다를 리 없다.

그러던 어느 날 드디어 염세악이 그들을 불렀다.

"다 모였느냐?"

"예, 태사조님."

일대제자들의 대사형인 송자건이 대표해 대답했다.

염세악은 모인 일대제자들을 쭉 둘러봤다. 익숙한 얼굴 딱

하나가 보였다.

반운산이었다.

"열둘이라……. 일대제자는 이게 전부이냐?"

"……"

염세악의 물음에 일대제자들의 얼굴 위로 그늘이 졌다.

화산파 일대제자는 매화검수로 불린다. 매화검수는 그저 항렬만 믿고 세월을 보내면 오를 수 있는 자리가 아니었다.

그래서 화산파의 일대제자는 무림의 여타 문파와는 조금은 그 본질이 상이하다고 볼 수 있었다.

검파의 수좌이며 육대문파의 일원인 대화산파의 일대제자가 열두 명에 불과하다는 사실은 화산파의 현 상황을 단적으로 보여주는 사례라 할 수 있었다.

염세악이 그들의 표정을 보며 한숨을 터뜨렸다.

"매화검진(梅花劍陣)을 펼칠 인원도 부족하니 대매화검진(大梅花劍陣)은 수련은커녕 구경도 못 해봤겠구나."

송자건 이하 일대제자들은 염세악의 말에 더욱 침울해졌다.

화산파의 매화검법은 수백 년의 세월을 버텨오면서도 정복당하지 않은 무림의 일절이다.

그 매화검법으로 펼치는 검진이 얼마나 무서운지는 염세악이 몸소 겪어봐서 뼈저리게 기억하고 있었다.

그것도 매화검진이 아닌 그보다 더욱 강력하고 무섭기 짝이 없는 대매화검진과 충돌해 무릎을 꿇었으니까.

매화검진은 스물네 명으로 구성된 매화검수가 이루는 검진이다. 반면, 대매화검진은 오히려 매화검수의 수가 현저하게 줄어든다.

단 여덟 명의 매화검수.

소림의 십팔나한진(十八羅漢陣)보다 상위의 진법인 백팔나한진(百八羅漢陣)이나 개방의 연화노진(蓮花怒陣)보다 상위인 대타구진(大打狗陣), 무당의 천강검진(天降劍陣)보다 상위인 태청검진(太淸劍陣)처럼 대부분 고절하고 상승의 진법이 가미될수록 사람의 수가 늘어나는 데 반해 화산파는 그와 정반대였다.

차라리 다른 문파처럼 단계가 낮은 검진이 사람을 적게 쓰고 높은 검진이 많게 쓰였다면 화산파의 사정은 그래도 좀 나았을지도 모른다.

하지만 그 반대이다 보니 매화검진은 사람이 없어서 수련을 못하고 대매화검진은 자연히 시도해 볼 기회조차 없는 악순환이 된 것이다.

"너희들에겐 새로운 길도 지름길도 없다."

"……!"

염세악의 말 한마디에 일대제자들의 얼굴이 경직됐다.

"너희들은 매화검수다. 매화검수가 어디 길바닥에 굴러다니는 돌멩이더냐?"

"……."

"설마하니 대화산파의 매화검수가 되어가지고서 새로운 검술을 익히겠다는 얼빠진 생각을 하고 있었던 것은 아니겠지?"

염세악은 일부러 매화검수의 자부심을 건드렸다. 과연 송자건 등의 얼굴에는 부끄러운 빛이 어렸다.

"다른 길은 없다. 매화검법으로 끝을 보아라."

"……."

일대제자들은 말이 없었다.

그들은 태사조가 무엇을 얘기하는지 충분히 알아들었다.

사십이 넘은 나이다. 산중에서 수도만 했다지만 나이를 거저먹는 건 아니다.

하지만 실망스럽고 허탈한 것은 어쩔 수 없었다.

그 모든 것을 떨치고 마음을 다잡기에는 지난 시간 오매불망 염원한 기대감이 너무나 컸기에.

염세악도 그 마음을 모르지는 않았다.

"속가의 무가에 전해지는 격언 중에도 도경의 가르침만큼 깊이 새길 만한 것이 많다. 예를 들어 이런 말도 있지. '스승은 문으로 들어오도록 이끌어주지만, 수행은 본인에게 달려

있다' 는 말."

일대제자들은 수행은 자기 자신에 달렸다는 말을 곱씹었다.

"너희는 이 시간부로 각자가 맡고 있는 모든 소임에서 물러나라."

"……!"

염세악의 느닷없는 발언에 일대제자들이 놀란 표정을 지었다.

"젊은 것들은 수련에 매진해야지 딴 데 정신을 팔 겨를이 어디 있느냐? 잡다한 일은 나이 먹고 게으름 피우는 늙은 녀석들 시키면 돼."

"하, 하오나……."

당황한 송자건이 일이 간단하지 않음을 말하려 했으나 염세악이 말허리를 잘랐다.

"짐 싸."

"예?"

"정풍곡(停風谷)으로 가라."

염세악의 말에 일대제자들이 뜨악한 표정을 지었다.

정풍곡은 창룡령에서 서쪽으로 봉우리를 네 개나 지나야 나오는 꽤 깊은 곳이었다.

갑자기 일선에서 물러나라는 말도 놀라운데 일대제자 모

두를 산중 깊은 곳으로 가라니 놀라지 않는 이가 없었다.

"그곳에서 문파 일은 잊고 열심히 수련하거라."

"……!"

순간 모든 이의 눈이 순식간에 벌게졌다.

앞뒤 설명 없이 이어진 명이지만 문파 일은 잊고 열심히 수련하라는 말 한마디에 억측과 의문 따위는 이미 저만치 날아가 버리고 없었다.

송자건이 눈시울이 붉어진 눈으로 말했다.

"가겠습니다. 가서 반드시 사제들과 함께 매화검법의 끝을 보겠습니다."

염세악이 미소 지으며 고개를 끄덕거렸다.

그는 화산파의 문인도 아니고 그들이 그의 제자도 아니었지만 습기 찬 붉어진 눈으로 결연히 각오를 다지는 모습에 가슴이 뭉클해졌다.

"태사조님."

송자건이 무릎을 꿇자 그의 뒤에 도열해 있던 나머지 일대 제자들도 일제히 무릎을 꿇었다.

"떠나기 전에 바른 길로 나아갈 수 있도록 가르침을 내려 주옵소서."

"좋다!"

염세악은 기꺼운 마음으로 고개를 끄덕였다.

"아까도 말했다시피 속세에는 경험에서 비롯된 좋은 말이 많이 있다. 너희는 그중에 두 가지만 기억하면 될 것이니라."

송자건 등은 염세악이 하는 말에 조용히 귀를 기울였다.

"연종난처련, 용종이처용(練從難處練, 用從易處用)이란 말이 있느니라. 수련을 할 때는 어려운 것을 하되, 싸움에 임해서는 가장 쉬운 것을 쓰라는 격언이다."

세속에서는 무가의 어린아이도 귀가 닳도록 듣는 말이나 도가의 수련자는 전해 내려오는 도경을 외우기에도 바쁜 편이라 의외로 일대제자들은 하나같이 처음 들어보는 말이었다.

하지만 그 뜻이 백번 생각해도 옳은 고언이기에 그들은 자신도 모르게 고개를 끄덕거렸다.

"또 '상대가 없을 때는 상대가 있는 것 같이 수련하고, 적과 싸울 때는 적이 없는 것처럼 임하라' 는 말도 있다. 수련할 때는 생사 대적을 만난 것처럼 죽을 각오로 임하고, 적과 싸울 때는 호랑이 아가리에 머리를 들이밀어도 웃을 수 있는 담대함을 가지라는 말이다."

송자건 등은 고개를 조아린 채 염세악이 하는 말을 하나도 잊지 않으려 몇 번이고 곱씹었다.

'모든 것은 네 녀석들에게 달렸다. 아이들이 클 동안에 너희가 버텨주어야 한다. 너희가 그늘이 돼주어야 해.'

염세악은 진심으로 바랐다.

"어여 가봐. 쇠뿔도 단김에 빼랬다고 어영부영하지 말고 지금 바로 출발해."

송자건 등은 염세악에게 절을 올렸다.

"태사조님의 은혜가 하늘과 같사옵니다!"

"하늘은 얼어 죽을! 폐관 수련 하라는데 그게 그렇게 좋으냐?"

염세악이 피식 웃자 일대제자들도 마주 웃었다.

"애구! 그만 가야겠다."

"살펴 가십시오, 태사조님!"

"살펴 가십시오!"

일대제자들의 힘찬 인사에 염세악이 등을 보인 채 손을 흔들었다.

"아차!"

"……?"

순간 걸어가던 염세악이 이마를 탁 치며 돌아봤다.

"내가 밤마다 정풍곡에 들를 거야."

"예?"

"어디 보자……."

염세악이 턱밑을 긁으며 일대제자들을 살펴보다가 딱 반운산에게 시선이 멈췄다.

"우선 너부터."

반운산은 당황하기보다는 오히려 기대에 찬 표정으로 힘차게 고개를 끄덕였다.

그는 이제 염세악의 말이라면 그것이 무엇이든 오롯이 믿을 자세가 되어 있었다.

"그럼 밤에 보자."

염세악은 볼일 다 봤다는 듯 휘적휘적 팔을 내저으며 멀어져 갔다.

일대제자들은 뒤늦게 가슴이 벅차오름을 느꼈다. 사실상 염세악이 매일 따로 가르침을 내리겠다는 뜻이 아니겠는가.

멀어져 가는 염세악의 등이 태산보다 높고 하늘만큼 넓게 다가왔다.

이때만 해도 그들은 염세악이 '밤에 보자' 는 말이 무슨 뜻인지 이해하지 못했다.

이른바 '철야고행(徹夜苦行)' 이란 말로 기록될, 듣기만 해도 치를 떠는 화산파 최악의 전통으로 거듭나게 되는 관문.

백 년 전, 천하를 피로 물들였던 천살마군과의 실전의 서막을 알리는 순간임을.

* * *

절강성도 항주.

물결치는 서호를 앞에 두고 방갓에 낚싯대를 드리운 장년인이 서찰을 간단히 훑은 후 손을 내밀자 곁에 있던 준미한 청년이 건네받아 그 또한 살펴봤다.

서찰을 다 읽은 청년이 이맛살을 잔뜩 찌푸렸다.

"이 말씀을 믿으십니까?"

"글쎄다. 나도 솔직히 반신반의다."

방갓인이 고개를 설레설레 흔들었다.

"이건 말도 안 되는 헛소립니다. 검신이라니요. 그분은 백년 전의 인물입니다. 그것도 소자가 알기론 그 당시에 이미 세수가 칠십이 넘었다고 들었습니다."

"하지만 장문인의 수결이 있지 않느냐?"

방갓인의 말에 청년이 콧방귀를 꼈다.

"화산파 장문인의 수결이 저희가 무조건 믿어야 할 정도로 위엄이 있습니까?"

"말이 과하구나."

방갓인의 목소리가 낮고 엄해졌다.

청년은 곧바로 고개를 숙이며 사죄했다.

"송구합니다."

방갓인은 낚싯대를 거두며 죽망에 잡아두었던 고기들을 풀어줬다.

청년은 보통 때라면 적어도 한 시진은 더 낚시를 하는 것이 일상임을 알기에 그의 마음이 다소 복잡함을 눈치챘다.

"작은 일에 심려 마옵소서. 그저 무시하면 될 일입니다."

"글쎄다. 애비는 아무래도 장문인의 수결 옆에 쓰인 검신이란 글자가 걸리는구나."

"허튼소리입니다. 애초에 상식적으로 말이 안 되질 않습니까?"

"화산파의 장문인이 굳이 우리에게 허튼소리를 할 이유도 없질 않느냐?"

방갓인의 반문에 청년이 불현듯 표정을 정색하며 말했다.

"화산파가 혹시 저희에 대해서 알고 소환을……."

"아닐 게다."

방갓인은 고개를 저었다.

"화산파는 그럴 여력이 없다."

"예, 저도 그렇게 알고 있습니다만……."

청년은 골치가 아픈지 왼쪽 눈썹에서 뺨을 타고 턱밑까지 이어진 자상을 실룩였다.

"사람을 풀어 알아보니 다른 속가 문인들에게도 똑같은 서찰이 전달됐다는구나."

"예?"

청년은 거기까지는 알아보지 못했는지 가볍게 놀란 표정

을 지었다.

방갓을 슬쩍 들어 서호를 바라보던 장년인이 말했다.

"아무래도 가봐야 할 듯하구나."

"아버님!"

청년이 말도 안 된다는 듯 언성을 높였다.

"지금 우리 청방(靑幇)은 매우 중요한 시기에 와 있습니다. 아버님이 자리를 비우시면 안 됩니다."

"하지만 명명백백한 화산파의 속가 문인으로서 본산의 부름을 거절하는 것은 그리 간단한 일이 아니니라."

그러나 청년은 오히려 이해가 안 간다는 듯 답답한 표정으로 말했다.

"왜 그리 말씀하십니까? 우리 청방의 힘은 이미 화산파를 능가합니다."

"어허! 목소리가 높구나."

방갓인이 다시 한 번 흥분한 청년을 꾸짖었다.

해가 중천인 대낮에 서호에서 한량처럼 한가로이 낚시를 즐기는 장년인.

그는 항주 사람이라면 모르는 이가 없는 일심무관(一心武官)의 관주다.

홍괴불.

항주 일심무관의 장자였던 그는 열 살의 나이에 화산파의 문외제자로 들어가 복호권(伏虎拳) 능라수(綾羅手)를 대성한 후 나이 서른이 됐을 때 하산했다.

화산파에서 이십 년을 수련한 것치고는 검술은커녕 평범한 축에 드는 복호권과 능라수를 배워 왔을 때는 항주 토박이 사람들도 말이 많았다.

삼대를 이어온 일심무관이 운이 다했다는 소리까지 들렸을 정도다.

하지만 그가 돌아오자마자 성혼을 하고 무관을 물려받은 뒤 항주 땅에 새로운 무관이 열리는 일은 생기지 않았다.

토박이든 외인이든 그에게 도전한 이가 모두 일패도지했기 때문이다.

거기다 십 년이 되지 않는 세월에 항주의 다른 무관은 모두 문을 닫았는데 일심무관은 오히려 날로 더욱 사람이 넘쳐흘렀다.

때문에 작금 항주의 일심무관은 단연 독보적이라 할 만했다.

항주 사람들은 그를 일러 항주일권(杭州一拳)라 불렀다.

하지만 그에겐 남다른 비밀이 있었다.

도검이 난무하는 무림의 이면에 존재하는 또 다른 무림.

소위 세인들은 밤의 무림이라 하여 흑회라 지칭해 왔다.

하지만 말 그대로 밤거리를 장악한 흑회의 무리를 무림인들은 경원시해 왔다.

때문에 현 무림인들은 중원 각처에 뿌리내리고 있는 흑회가 하나로 통합됐다는 놀라운 사실을 전혀 모르고 있었다.

그것도 흑회에 출현한 지 불과 십 년 안팎인 신생 방회 청방이란 단체에게 말이다.

홍괴불은 바로 이 청방의 방주였다.

흑표(黑豹).

흑회에서조차 이름도 모르고 얼굴도 모르지만 그에게 도전했다가 시신조차 돌아오지 못한 것을 두고 은밀히 퍼져 나간 그의 또 다른 이름이다.

일심무관의 항주일권이 아니라 청방의 흑표가 그의 진짜 신분이었다.

항주에 자리 잡고 있던 기존의 무관들이 문을 닫는 이유도 사실은 그에게 있었다.

홍괴불이 무관을 물려받았을 당시 일심무관의 아성을 무너뜨리기 위해 도전해 온 이들은 신생 무관이나 외지인뿐만이 아니었다.

오히려 기존에 항주에 터를 다진 무관들이 더 극심하고 살벌한 수를 써왔다.

그들 딴에는 화산파에서 하산한 홍괴불이 복호권과 능라수 같은 하찮은 장권을 익혔다는 사실에 기회라고 여긴 것인데 그것이 그들에게는 돌이킬 수 없는 패착이었다.

홍괴불은 화산 문하에서 수련하면서 복호권과 능라수를 대성한 뒤 그 둘을 합쳐 광야흑표권(廣野黑豹拳)이라는 자신만의 독창적인 권법을 창안해 냈다.

하지만 홍괴불은 이를 애써 밖으로 드러내지 않았기에 항주 사람뿐만 아니라 화산파에서조차도 그에 대해 전혀 이 같은 진실을 모르고 있었다.

낚싯대를 등에 걸친 홍괴불이 말했다.

"그럼 네가 다녀오면 되겠구나."

"예? 제가요?"

"그래, 화순이 네가 내 대신 다녀오려무나. 그럼 되지 않느냐?"

청년 홍화순은 아비의 말에 기가 막혀 말도 제대로 잇지 못했다.

"아버님!"

"노파심에 하는 말이다만, 화산파에 가서는 조용히 성질 죽이고 적당히 자리보전하다가 오도록 하여라."

"아버님!"

"괜히 성질 부려서 티 내지 말고. 듣자 하니 흑회에서 널 혈표(血豹)라 부른다지?"

"아버님!"

"그만 불러라. 귀 따갑구나."

홍화순의 얼굴이 당혹과 분노로 벌겋게 달아올랐다.

"명심하거라. 화산 안에서는 넌 청방의 혈표가 아닌 일심무관의 후계자 홍화순이다. 거기선 이름처럼 화목하고 순한 모습을 보여야 한다."

부르르르.

홍화순은 이미 돌이킬 수 없는 결정이 내려졌다는 현실을 깨닫고 풀어낼 길 없는 화를 온몸을 통해 사시나무처럼 떨어댔다.

* * *

설매산장(雪梅山莊)은 산서 태행산 아래 자리 잡은 무가로 이들 역시 가문 대대로 화산파에서 수학한 뒤 가문을 물려받는 것이 가법으로 이어져 내려온 명문이었다.

비록 한 성의 패자는 못 되어도 산서 땅에서 어지간한 갈등 정도는 산서의 패자인 태원 상관세가에서도 한 수 양보해 줄 정도의 가문이다.

상관세가는 이미 삼십 년도 더 전에 북검회에 들어갔다. 설매산장의 뿌리인 화산파도 북검회에 들지 못한 마당에 상관세가가 화산파도 아닌 설매산장을 대우해 줄 이유는 없었다.

그 뜻은 곧 설매산장이 화산파가 아니더라도 그 존재 자체만으로 힘이 있음을 뜻했다.

"못 갑니다."

"뭐? 못 가? 가주 대행인 형이 하는 말을 거역하겠다는 것이냐!"

"흥! 말씀 한번 잘하셨습니다. 본산에서 오라 하면 당연히 가주 대행으로서 장자인 형님께서 가셔야 하는 것 아니오?"

"지금 그걸 말이라고 하는 게냐! 아버지가 병석에 누워 계셔서 나는 가주 대행직을 수행하고 있지 않느냐! 이런 상황에서 내가 어찌 가문을 비워!"

"왜 못 비웁니까? 형님이 화산파에 다녀오실 동안 제가 하면 되지 않습니까?"

"이놈!"

"왜요? 제가 가문을 꿀꺽하기라도 할까 봐 걱정되십니까?"

"닥쳐라!"

두 청년이 다투는 소리가 전각 밖까지 퍼져 나와 들썩였다. 하지만 이 같은 일이 하루 이틀이 아닌 듯 설매산장을 오가는 사람들은 한숨을 흘리며 저마다 고개를 흔들었다.

산서에서 흔들림 없는 위치를 고수하고 있는 설매산장은 겉으로 보기에는 아무런 문제가 없어 보였지만 의외로 외부가 아닌 내부에서 곪아가고 있었다.

바로 현 설매산장의 장주인 은목서의 두 아들인 은호청과 은호열 때문이었다.

자손이 귀한 은 씨 집안의 설매산장은 처음에는 잇달아 두 아들을 얻으면서 장차 두 아들이 기둥이 되어 더욱 가문을 성세로 이끌 것이라며 축원이 자자했다.

하지만 연년생으로 태어나 나이 차이가 없는 것이 자라면서 점점 문제가 깊어졌다.

첫째로 태어나 자기중심적이고 장자의 권위를 당연한 권리로 여기는 은호청과 둘째로 태어나 매사 장자 위주로 모든 것을 받아들여야만 하는 것을 부당히 여긴 은호열은 날이 갈수록 삐딱해졌다.

그 와중에 은목서가 병을 얻어 눕게 되면서 은호청이 가주 대행을 맡게 되자 곪은 부위가 기어이 터져 버렸다.

은호청은 아비가 와병인 기회를 삼아 눈엣가시 같은 동생을 시시때때로 가문에서 쫓아낼 기회를 노리고 있었고, 이러한 분위기를 감지한 은호열도 결국 뜻을 함께하는 사람들을 모아 설매산장이 두 개의 파벌로 갈라진 것이다.

이런 상황에서 화산파로부터 뜬금없이 서찰 한 통이 도달하고, 가문을 책임지는 자로 하여금 본산으로 오라는 명이 떨어졌다.

은호청은 이때가 기회다 싶어 이참에 은호열을 보내려

했다.

하지만 순순히 당할 은호열이 아니었다.

결국 화산파로 누가 가느냐는 일로 설왕설래하던 일이 차일피일 길어지며 달포가 지나갔고, 참지 못한 은호청은 힘으로라도 강제로 보내야겠다고 결심했다.

"여봐라! 게 아무도 없느냐! 당장 설검대주를 부르도록 하라!"

은호청의 외침에 은호열이 뒤를 이어 곧바로 소리쳤다.

"교 대주! 지금이오!"

순간 은호열의 외침에 은호청이 노해 부르짖었다.

"지금 그 말이 무슨 뜻이냐!"

"나가보면 알겠지요."

은호열은 비웃음을 흘리며 내실 문을 발로 뻥 차고 나갔다.

부서진 문을 통해 뒤따라 나온 은호청은 앞마당을 보고선 노발대발했다.

"교 대주, 지금 이게 무슨 뜻인가! 감히 가주전에 허락도 없이 들어오다니!"

두 형제의 앞뜰에는 이미 검자루를 움켜진 무리가 양측으로 갈라서 일촉즉발의 분위기로 화해 있었다.

오른쪽은 가주 직속의 설검산장의 정예 설검대가, 왼쪽은 설검대 다음의 전력인 풍검대가.

"교승! 이게 무슨 짓이냐! 당장 무기를 버리고 무릎을 꿇지 못할까!"

설검대주 모관수가 호통을 쳤다. 하지만 풍검대주 교승은 상관인 모관수를 쳐다보지도 않고 은호열을 보며 말했다.

"이 공자, 오늘 끝장을 보는 것입니까?"

은호열이 어깨를 으쓱했다.

"아무래도 말이 안 통하는 것 같아. 어쩔 수 없지. 권주를 마다하고 벌주를 마시겠다면."

은호청은 둘의 대화를 듣고 기가 막혔다.

은호열과 교승은 아예 대놓고 가문을 엎어버리겠다는 말을 해대고 있었기 때문이다.

"모 대주, 이놈들의 말을 들었소? 더 두고 볼 것도 없소! 당장 저놈들을 제압하시오!"

"명을 받들겠나이다!"

모관수가 칼을 뽑아 들었다.

창!

차차차차창! 차차창!

모관수의 뒤를 따라 설검대가 칼을 빼 들자, 풍검대 또한 교승 이하 풍검대 전원이 칼을 빼 들었다.

그때 별안간 노성이 터져 나왔다.

"네 이놈들! 그만두지 못할까—!"

“……!”

“아버님?”

“아, 아버지!”

두 형제는 목소리만 듣고도 당황할 정도로 안색이 변했다.

“가주!”

“장주님!”

가주전으로 들어오는 월동문 앞에 선 초로인.

노성의 주인은 와병 중이라는 설매산장의 장주 은목서였다.

은목서의 낯빛은 확실히 정상이 아니었다. 오랜 병을 앓은 듯 안색이 핏기 하나 없이 하얗고 금방이라도 어디 한 군데가 부러질 듯 비쩍 말라 있었다.

그러나 은목서의 눈에서 서리서리 뿜어져 나오는 날카로운 정광에 설검대와 풍검대는 감히 마주 볼 엄두도 내지 못하고 바로 그 자리에서 일제히 무릎을 꿇었다.

은목서는 두 형제를 노려보다 고개를 돌려 모관수에게로 향했다.

“모관수!”

“예, 장주!”

“당장 교승을 포박해 연금하라!”

“명을 받드옵니다!”

순간 희비가 엇갈렸다.

은호청의 불안해하던 낯빛엔 화색이 돌았고 은호열의 얼굴은 일그러졌다.

은호열이 교승을 향해 눈을 부라렸지만 방금 전까지지도 생사고락을 함께할 것 같던 교승은 눈도 마주치지 못하고 순순히 포박을 받들고 있었다.

'빌어먹을!'

은호열은 일이 틀어지자 욕지기가 나왔다.

병석에 누운 아비라 이빨 빠진 호랑이로 전락한 줄 알았건만 사자검(獅子劍) 은목서의 그늘은 여전히 설매산장을 드리우고 있었다.

"정 총관!"

"예! 장주!"

은목서가 소리치자 총관 정진이 헐레벌떡 뛰어왔다.

"오늘 떠날 수 있도록 저 녀석들에게 노잣돈을 주도록 하게. 오시 이전에 반드시 출문해야 할 것이네. 알겠는가?"

"명을 받들겠사옵니다!"

순간 은호청과 은호열은 동시에 당황한 얼굴로 은목서를 쳐다봤다.

은목서는 범 같은 눈으로 두 아들을 노려보며 말했다.

"오시 전에 문을 나서야 할 것이다. 분초라도 어긴다면 내기필코 가문에서 축출을 맹세할 것이니 그리 알라!"

"아, 아버지."

은호청이 충격을 받은 표정으로 바닥에 털썩 주저앉았다.

"수행원은 없다! 너희 형제 둘이서 다녀와야 할 것이니라!"

그게 전부였다.

은목서는 할 말 다 했다는 듯 뒤도 돌아보지 않고 몸을 돌려 월동문 밖으로 빠져나갔다.

"썅!"

은호열이 욕설을 내뱉으며 옆의 대들보를 주먹으로 내려쳤다.

계획이 실패해서가 아니었다.

화산으로 가게 된 것 때문에 그런 것도 아니었다.

그에겐 원수 같은 형과 단둘이 화산으로 다녀와야 한다는 것이 최악이었기 때문이다.

* * *

—…내용을 다 숙지했으면 즉시 소각하고 시행토록 하게. 최소 사흘은 폐점해야 될 것이네. 그게 최선일세. 아예 몸을 피하는 게 좋겠군. 차라리 그게 편할 게야.

"하아~!"

이전삼이 서찰을 읽은 뒤 한숨을 터뜨렸다.

"이게 무슨 꼴인지. 에잉!"

천하상권에 흐르는 자금의 삼 할을 쥐락펴락하는 보화전장(寶貨錢莊).

그 보화전장 산하 하남분점 정주갑호(鄭州甲戶)의 주인이 바로 그다.

제아무리 유세를 떠는 고관대작이라도, 안하무인의 거드름을 피우는 거부라도, 그리고 날고 기는 무림인이라도 정주 땅에선 그가 왕이다.

그런데 시답잖은 이유 때문에 폐점을 하고 몸까지 피해야 하는 상황에 기가 막혔다.

그때, 그의 숙인 고개 아래로 검은 그림자가 드리워졌다.

"......?"

이전삼은 아무런 기척도 없이 누가 들어왔나 싶어 인상을 팍 쓰며 고개를 들었다.

"헉?"

순간 헛바람을 집어삼킨 이전삼이 손에 쥔 서찰을 반사적으로 보더니 번개같이 촛불 위로 가져갔다.

순간 아름답고 새하얀 빙기옥골의 손이 이전삼의 손목을 와락 잡아챘다.

"이리 내!"

"으악! 이거 놔라! 이거 아무것도 아니야!"

"아무것도 아니면 그냥 주면 되겠네?"

이전삼의 얼굴이 흑빛으로 변했다.

쥐면 부러질 것 같은 가녀린 손이 필사적으로 붙들고 있던 손안의 서찰을 감쪽같이 날름한 것이다.

서찰을 빼앗은 가녀린 손의 주인.

타는 듯한 붉은 홍의에 코끝을 훅 끼쳐 오는 진한 꽃향기. 늘씬한 키에 눈이 번쩍 트이는 화용월태의 미모의 여인이 이전삼의 앞에 서서 꼬깃꼬깃 구겨진 서찰을 펼쳤다.

'망했다!'

이전삼의 등 뒤로 식은땀이 주르륵 흘렀다.

—…미리 말해두네만 손실은 본점에서 절대 책임지지 않을 거야. 자네가 알아서 하라고.

방금 전 서찰에서 무려 세 번이나 같은 말을 반복하며 강조했던 글귀가 저주처럼 머리를 스치고 지나갔다.

"호? 이게 뭐야? 아버지가 이런 말을 했어요?"

"소, 소옥아, 그게……."

이전삼은 눈앞의 여인 소옥의 눈이 샐쭉해지자 가슴이 철

렁했다.

"나 바빠요. 오랜만에 아저씨 보고 싶어서 잠깐 들른 것뿐이라고요."

"그, 그래?"

이성은 아니라고 외치면서도 이전삼은 한 가닥 희망을 품었다.

소옥이 이전삼의 앞으로 손을 내밀었다.

"전표로 금 백 냥만 줘요."

"컥?"

이전삼이 사래가 걸린 소리를 내며 뒷목을 부여잡았다.

"빨리요."

"안 돼!

이전삼은 부질없음을 알고도 단호히 외쳤다.

"안 돼?"

소옥의 눈초리가 새치름하게 변했다.

이전삼은 그녀의 눈도 마주치기 두려워 딴청을 피우며 먼 산을 바라봤다.

소옥이 그런 이전삼의 면전에 얼굴을 바짝 들이대며 생글거렸다.

"아저씨, 나야, 나! 보화전장의 주인 화중악의 천금! 장중보옥 화소옥이라고요!"

"전장의 자금은 사사로이 유용할 수 없다!"

이전삼이 제법 엄정한 표정을 지으며 딱 부러지게 말했다. 하지만 상대는 보화전장 최악의 재앙이라는 화소옥.

그러자 혼을 빼놓을 것 같은 염태를 뿌리며 미소를 흘리던 소옥이 거짓말처럼 웃음기를 싹 지웠다.

"이렇게 나오시겠다?"

소옥이 품에서 손바닥만 한 은패를 꺼내 보이며 말했다.

"이게 뭔지 알지? 나 보화전장의 대총관이야, 대총관. 대총관이 분점에서 돈 좀 가져가겠다는데 안 돼가 어디 있어요?"

"끙!"

이전삼이 은패를 보며 앓는 소리를 냈다.

"그래도 안 된다! 너도 서찰을 봤지 않느냐? 네 아버지 명이 있었다."

"그래요? 아버지가요?"

소옥은 방금 전에 서찰을 눈으로 확인했으면서도 금시초문이라는 듯 눈을 치떴다.

"나는 힘이 없다. 나 좀 살려다오."

이전삼이 애원조로 말하자 화소옥이 고개를 끄덕였다.

"힘이 없다면 할 수 없죠."

순순히 수긍하는 화소옥의 태도에 이전삼이 '이게 무슨 일이래?' 하는 표정으로 죽을 것 같은 낯빛에 화색이 돌아왔다.

"그, 그래? 그렇지?"

"예. 어쩔 수 없죠. 아저씨를 곤란하게 해드릴 순 없으니까."

"오냐! 소옥이 네가 정말 이 아저씨를……."

"그럼 뭐, 만금상회(萬金商會)의 분점이나 털어야겠다."

"……!"

이전삼의 얼굴이 파랗게 질렸다.

"지, 지금 뭐라고 하, 하였……."

"어차피 경쟁 상대인데 깔끔하게 정주 지점 몽땅 털어서 거덜 내지요, 뭐."

"소옥아~!"

이전삼이 울상을 지었다.

그녀가 한다면 하는 인간임을 숱한 일화가 증명한다. 이전삼 그 자신만 해도 화소옥이 친 사고를 수습한 게 열댓 번은 되니 말이다.

"증거가 있으면 안 되니까 불을 질러서 몽땅 태워야겠죠?"

"소옥아아~!"

"깔끔하게 정리도 되고 만금상회의 정주 상행도 마비시키고 일석이조네요."

"소옥아아아~!"

"아, 아무래도 용기가 안 난다. 술 쬐끔 마시고 해야겠어요."

"헉?"

순간, 그녀의 마지막 말에 얼굴이 샛노래질 정도로 기겁한 이전삼이 다급히 금 백 냥짜리 전표를 꺼내 소옥의 손에 전광석화처럼 쥐어주었다.

"자, 여기 금 백 냥!"

목적한 바를 달성한 순간이건만 화소옥은 시큰둥한 표정을 지었다.

"한 장 더요."

"…뭐?"

이전삼은 자신의 귀를 의심했다.

"빨리 주셨으면 됐잖아요. 시간이 금인 거 몰라요? 아저씨도 이 바닥에서 잔뼈가 굵었으니 무슨 말인지 아시죠? 손실액도 계산해 주세요."

'그게 왜 내 탓이냐?'

이전삼은 목구멍까지 올라오는 말을 애써 삼키며 피눈물을 흘리는 심정으로 금 백 냥짜리 전표를 마저 건넸다.

"고마워요, 아저씨. 그럼 갈게요. 나 화산파에 가야 돼서 바쁘거든요."

화소옥이 배시시 웃으며 손을 흔들었다.

이전삼은 십 년은 더 늙은 표정으로 의자에 털썩 주저앉았다.

'결국 내가 다 뒤집어쓰는구나!'

이전삼은 백지를 펼친 뒤 붓을 들었다.

—장주, 그래도 내가 술 마신다는 건 필사적으로 막았소.

보화전장의 장주 화중악에게 올릴 보고서였지만 이전삼은 나름 위안을 삼았다.

그 재앙 덩어리가 술을 마시면 진짜 재앙은 그때부터 시작이고, 보화전장 사람이라면 누구나 다 알고 학을 떼는 것이기에.

그때, 문이 벌컥 열렸다.

"아저씨!"

"으헉?"

어찌나 놀랐는지 이전삼이 붓을 떨어뜨리며 의자째 뒤로 넘어갔다.

"끄으응! 왜, 왜 또다시 돌아왔느냐?"

이전삼은 고통보다 먼저 엄습하는 불길함을 느꼈다.

화소옥이 생긋 웃으며 말했다.

"올 때 들를게요."

혀를 쏙 내민 화소옥이 금세 모습을 감췄다.

이전삼은 방금 전 화소옥의 말에 귀신이라도 본 것처럼 허옇게 얼굴색이 질렸다.

그날 보화전장의 정주갑호점은 문을 닫았다.

그리고 한동안 이전삼은 정주에서 보이지 않았다고 한다.

*　*　*

“네가 다녀와야겠다.”

스승이자 연화팔문(蓮花八門)의 대문주인 그녀의 말에 백소령은 무표정한 얼굴로 머리를 조아렸다.

“무시할 수도 있으나 장문령 말고도 검신의 이름으로 부른 것은 확인해 봐야겠구나.”

“알겠습니다.”

백소령의 스승인 양산매는 감정이라고는 씨 한 톨 보이지 않는 얼음장 같은 백소령을 믿음직스럽게 바라봤다.

“화산파와 우리 연화팔문은 사실상 인연이 끊어진 것이나 진배없다. 내 사조께서 화산파 본산에서 수행한 후부터 지금의 우리가 있기까지 화산파에서 해준 것은 아무것도 없다. 후학을 양성한 것도 연화팔문 안에서였으며 위기를 극복하고 환란을 함께한 것도 오직 우리 연화팔문의 문도들이었다.”

“…….”

“화산파는 여제자를 받지 않은 지 이미 오래됐다. 옥함신공(玉含神功)과 옥녀검(玉女劍)의 비급이 화산파에 있으나 사람은 우리 연화팔문에 있다. 여제자를 받지 않으니 그 비급은 먼지가 쌓여 썩어가고 있을 것이다. 우리처럼 잊혀서."

온화해 보이기만 하던 양산매의 눈빛이 차갑게 가라앉았다.

"이제 연화팔문이 옥함신공과 옥녀검의 유일한 계승자이며 우리가 그 주인이다. 너를 보내는 것은 그것을 확인하고 이제 인연을 끊을 때가 되었음을 확신하기 위함일 뿐이다."

백소령은 고개를 끄덕이며 무릎 곁에 놓아둔 검을 움켜잡았다.

"다녀오겠습니다."

백소령이 고개를 숙인 뒤 몸을 돌렸다.

양산매가 그녀의 등에 대고 말했다.

"돌아오면 연화팔문의 대문주직은 네가 맡게 될 것이니라."

백소령이 그 말에 잠시 멈칫했다.

"그때는 네가 무엇을 하든 개의치 않으마."

"……."

백소령은 미미하게 고개를 끄덕였다.

연화팔문.

호북과 호남의 경계를 잇는 통성에 자리한 여인 문파이다.

최초 화산파에서 수행한 백양산인(白楊山人)과 한매선자(寒梅仙子)가 갈 곳 없는 화산파의 여제자들을 모아 문호를 열었다.

그리고 연화팔문 개파 이래 처음으로 문파의 모든 진전이 하나로 결집하여 길러진 여인이 문을 나섰다.

第六章

일문, 혹은 일가에서 사람 몇이 나선다고 해서 태도 나지 않고 외부의 시각에선 아예 눈치조차 채지 못한다.

하지만 그것이 전국 각처에서 벌어지는 일이라면 말이 다르다.

더구나 그것이 거의 비슷한 시기에 동시에 벌어지는 일이라면 더더욱.

정파의 천하제일세 용천장, 이에 불복하고 이합집산한 북검회와 남도련.

해체된 천사맹에서 갈라진 사파의 유령곡과 혈총, 그리고 천하를 떠도는 무인흑교.

어느 한쪽이 준동하면 커다란 피해가 뒤따를 것이기에 전면전이 없어지면서 무림은 사실상 정체됐다.

혹자는 힘의 균형이 맞아떨어져 태평성대가 됐다고도 하고, 또 다른 혹자는 무림의 정기를 갉아먹는 고착화 상태가 됐다고도 했다.

이러한 상황에서 중원 전역에서 결코 적지 않은 무림인이 움직이기 시작하자 자연히 시선이 집중될 수밖에 없었다.

그리고 그 많은 수의 무림인에게서 어렵지 않게 공통점을 찾아낸다.

그들 모두가 화산파의 문하이며 그들의 행로가 화산으로 향하고 있음을.

예상치 못하게 튀어나온 화산파라는 이름에 각 세력은 이 사태의 내막을 알아내기 위해 저마다 분주해지기 시작했다.

"화산파가 뭘 하겠다는 건지 이해가 가질 않는군."

"하지만 전통의 육대문파의 일원이며 오악검파의 수좌였습니다. 유구한 역사는 그 자체만으로도 무시할 수 없는 저력입니다."

"그게 언제 적 얘긴가? 다 한때야. 손에 쥔 것이 없는 힘없고 가난한 부류가 과거의 영광을 말할 뿐일세."

남도련(南刀聯)의 책사 사마군은 부련주라는 직책은 없으나 명실공히 련의 이 인자인 칠절패도(七絶覇刀) 여양종의 말에 옅은 한숨을 흘렸다.

남도련을 이끄는 중심추인 야도(野刀)는 별호처럼 치열한 세력 다툼에는 그다지 관심이 없었다.

그저 도를 연마하고 강자와 겨루는 것에 광적으로 집착할 뿐.

그래서 련이 결정해야 할 큰 중차대한 문제가 아닌 이상, 대부분의 일은 책사 사마군과 여양종이 논의하여 결정을 내리고 공표해 왔다.

하지만 명견혜도(明見慧刀)라 불리는 사마군은 남도련을 운영하면서 늘 아쉬움을 느꼈다.

련주인 야도는 사실상 무리의 수장다운 기질이 없었고 여양종은 사람을 휘어잡고 통솔하는 기질은 다분했지만 그보다는 부족한 부분이 더 많았다.

"아무리 그렇더라도 검신의 존재는 생각해 볼 문제입니다. 허투루 생각할 일이 아닙니다."

"음."

건성으로 대꾸하던 여양종이 사마군의 말에 미간을 모았다.

남도련의 수장인 야도와도 대거리를 할 정도로 담대하고 거친 성격의 그였지만 검신은 신경이 쓰이지 않을 수 없었기 때문이다.

"나 원, 이거야. 이걸 믿을 수도, 그렇다고 믿지 않을 수도 없고. 백 년 전의 검신이라니."

"하지만 화산파가 거짓을 말할 이유가 없지 않습니까? 그랬다가는 소환된 화산파의 속가제자들이 등을 돌리고 천하의 웃음거리가 될 것을 모르지 않을 텐데 말이지요."

"그렇겠지."

턱밑을 쓰다듬으며 고민하던 여양종이 사마군을 힐끗 봤다.

"자네라면 이미 생각해 둔 바가 있을 텐데?"

사마군이 고개를 끄덕였다.

여양종이 부족한 점이 많아 아쉬운 것이 많았지만 그나마 위안이 되는 것은 이처럼 복잡한 문제는 권위를 내세우지 않고 선선히 일임을 한다는 것이다.

"간단히 처결할 수 있는 두 가지 방안이 있습니다."

"말해보게."

사마군은 찻물을 들이켜 목을 축인 뒤 생각을 가다듬었다.

"화산파는 육대문파의 일원으로 검파에 속하지만 성세가 기울어 북검회에서조차 관심을 두지 않아왔습니다."

"그렇지."

여양종도 익히 아는 사실이라 고개를 끄덕였다.

"화산파가 무언가를 계획하고 있다면 북검회와는 감정이 그리 좋지 않을 것입니다. 첫 번째 방안은 일단은 앞뒤 재지 말고 화산파를 우리가 끌어안는 것입니다."

"그건 좀……."

여양종은 첫 번째 방안이 마음에 들지 않는지 난색을 표했다.

북검회와 세불양립으로 검파와 도파로 나뉘어 경쟁을 하고 있는 상황에서 지금이야 어쨌든 검파의 상징적인 존재인 화산파를 남도련이 끌어안겠다는 것은 상당한 반발을 불러올 수도 있었다.

사마군은 여양종이 선불리 판단하려는 것을 막기 위해 서둘러 말을 이었다.

"그렇게 나쁘게만 생각할 건 아닙니다. 화산파를 끌어안음은 검파를 포용함으로써 북검회에 대한 인식을 부정적으로 비쳐 내부에 균열을 불러올 수 있고, 장강을 경계로 양분되고 있는 강북에 우리 남도련의 교두보를 마련하게 된다는 것은 의미가 큽니다."

"흠……."

여양종은 사마군의 말이 그럴싸하다고 생각했는지 부정적

인 기색이 많이 누그러졌다.

"두 번째 방안은 뭔가?"

"이렇게 저렇게 고민할 것 없이 그냥 싹을 잘라 버리는 겁니다."

"……?"

여양종이 의외라는 눈빛으로 사마군을 쳐다봤다.

"이거 놀랍군. 자네가 그런 과격한 말을 할 때도 있다니."

사마군은 다른 이도 아닌 여양종에게 과격하다는 말을 듣자 쓴웃음을 지었다.

"하지만 화산파를 건드렸다가 저 교활한 북검회 놈들이 그걸 빌미 삼을 수도 있지 않을까?"

"물론 직접 손을 쓴다면 그렇지요."

사마군은 여양종의 지적에 속으로 '많이 똑똑해졌군' 이라고 생각하며 순순히 동의했다.

"하지만 화산파와 북검회를 서로 충돌하게 만든다면 우리로선 가만히 앉아서 화산파가 갈아엎어지고 북검회의 전력이 손상되는 것을 누리게 됩니다."

"화산파에 검신이 돌아왔다고 하지 않았나? 계획이 입안되고 실행에 옮기더라도 화산파가 그렇게 쉽게 무너질까?"

"사람에겐 한계라는 게 있습니다. 삼 갑자를 살아온 자가 힘이 있으면 얼마나 있겠습니까. 지금은 개인의 힘으로 무언가를 할 수 있는 시대가 아닙니다."

"그건 그렇지."

사마군의 말대로다. 지금은 그런 옛 시절이 아니었다.

"자, 이제 아둔한 머리로 이해는 다 했으니 설명은 그만하고 계획을 말해보게."

사마군이 그 말에 겸연쩍은 표정을 지었다. 여태껏 중언부언한 것도 사실 그를 이해시키기 위함이었기 때문이다.

"두 계획 모두 함께 입안하면 됩니다."

"……?"

여양종은 사마군의 말에 의아해했다. 두 개의 계획이 방향이 서로 전혀 다른데 어떻게 함께 수립해 실행에 옮긴단 말인가?

"일단은 화산파로 사람을 보내고 사태의 추이를 보아 포용할 것인지 쳐낼 것인지 거기서 결정을 내리는 것이지요."

"호오?"

여양종이 탄복한 얼굴로 사마군을 쳐다봤다.

"그래, 그럼 누굴 보내면 좋겠는가?"

"화산파가 어쨌든 검파이니 일단 경계심을 누그러뜨리려면 성의를 보여야겠지요."

"그렇지. 그럼 누굴 보내면 좋을까?"

"최소한 검신이라는 위명에 눌리지 않고 마주할 배포는 가진 이여야겠지요."

"그렇지. 누가 좋을까?"

"화산은 먼 곳입니다. 련에 보고할 필요 없이 판세를 가늠하고 입장을 정리할 수 있는 결정권을 가진 이여야겠지요."

"그러니까, 그게 누구……."

자꾸만 빙빙 말을 돌리며 늘어지자 여양종이 가벼운 짜증기를 내비치다 사마군이 빤히 쳐다보며 미소를 짓자 펄쩍 뛰었다.

"나 말인가? 지금 나보고 거길 직접 가란 말인가?"

여양종은 말도 안 된다는 듯 정색하며 반문했다. 남도련의 이 인자인 자신이 그깟 일로 몸소 행차한다는 것은 그에게 있을 수 없는 일이었다.

하지만 사마군은 그를 움직일 계책 축에도 들지 않는 간단한 방도 하나가 있었다.

사마군이 말했다.

"천하에 누가 있어 당당히 북검회의 영역에 발을 디딜 것이며, 검신과 마주할 자격이 있는 자가 몇이나 되겠습니까?"

"……!"

"지렁이도 밟으면 꿈틀댄다더니 우리가 화산파를 너무 등한시한 모양일세."

"하지만 누가 생각해 낸 것인지는 모르겠지만 효과는 만점입니다. 우리도 이렇게 모여서 논의를 하고 있지 않습니까?"

그 말에 북검회(北劍會) 의사청에 모인 수뇌부 여기저기에서 가벼운 웃음소리가 흘러나왔다.

"검성께서는 화산파에 관한 일은 알아서 처결하라고 모두 일임하셨네. 다들 어찌했으면 좋겠는가?"

부회주인 천예검군(千霓劍君) 조문신의 물음에 군사 좌문공이 웃으며 대꾸했다.

"어찌할 것까지야 있겠습니까? 사자를 보내 적당히 좋은 말을 하고 북검회에 들어오라 권하면 마무리될 것을요."

"하지만 섬서지역을 종남파와 진령파에게 모두 맡긴 상황인데 화산파를 들이면 문제가 생기지 않겠나?"

"검군께서는 마음이 너무 넓으십니다. 고립무원으로 쓰러지기 직전의 화산파가 아닙니까? 우리 북검회에 들어오는 것만으로도 숨통이 트일 것입니다."

좌문공의 말에 모두가 고개를 끄덕이며 동의했다.

그들에게 북검회는 그 이름자만으로도 가치가 있는 자부심 자체였다.

"삼 갑자나 죽지 않고 산 노괴가 순순히 고개를 숙이고 들어올까?"

좌문공은 별것 아닌 투로 말했다.

"그만한 지위의 사람을 보내 대접을 해주면 될 것입니다."

"그럼 누굴 보내면 좋겠는가?"

"장 공자가 적당할 것 같습니다."

"강옥이를?"

조문신이 좌문공의 말에 반문했지만 이내 괜찮은 생각이라고 여겼는지 고개를 끄덕였다.

"이참에 외유를 해보는 것도 괜찮겠지."

다른 이들도 동의한다는 듯 고개를 끄덕였다.

장강옥.

이제 나이 갓 스물다섯에 불과하나 벌써부터 천하에 천룡검(天龍劍)이란 별호로 불리는 무림의 신성이다.

하지만 그의 이름이 주는 무게는 그의 명성보다 훨씬 컸다.

그는 검성의 제자였으며 만장일치로 결정된 북검회의 후계자였다.

"비선의 보고에 따르면 남도련과 북검회에서도 화산으로 사람을 움직였답니다."

"……."

"화산파가 의외로 골치를 아프게 하는 것 같습니다."

서 총관은 말을 하며 조심스레 연산홍을 바라봤다.

"화산파의 부름에 응한 속가제자의 규모가 심상치 않습니다. 어림잡아도 족히 수백은 될 듯합니다. 아무래도 검신의 영향이 큰 것 같습니다."

커다란 종이에 난을 치던 연산홍이 붓을 내려놓았다.

"신경 쓸 필요 없습니다. 화산파는 우리 용천장이 관심을 줄 존재가 못 됩니다."

"하지만 아가씨, 북검회와 남도련도 사람을 보내는 마당에 우리 용천장도……."

연산홍은 서 총관의 말을 다 듣기도 전에 고개를 내저었다.

"달라지는 것은 없습니다. 진실은 화산파에는 사람이 없고, 속가제자를 규합한다고 해서 없던 힘이 생겨나는 것도 아닙니다. 그것이 본질이고 진실입니다."

"검신이 있질 않습니까?"

서 총관은 내심 껄끄러운 부분을 지적했다.

"전에 말하지 않았던가요? 백 년 전의 검신이 지금의 검신은 아니라고. 혼자서는 아무것도 할 수 없어요."

"아가씨 지론대로면 더욱 화산파의 의중을 파악해야 되는 것 아닌지요?"

순간 서 총관의 말에 연산홍이 무슨 말이냐는 듯 종이에 그려진 난에서 시선을 떼 고개를 들었다.

"잊으셨습니까? 중원 전역의 화산파 속가제가가 부름에 응하는 이유는 검신이란 이름 때문입니다."

순간 연산홍의 표정이 굳어졌다.

"혼자서는 아무것도 할 수 없는 검신이 사람을 모으고 있지 않습니까?"

서총관의 말에 연산홍의 눈동자 위로 싸늘한 한광이 맺혔다.

"지금 당장 화산파의, 아니 검신의 의중을 파악하세요. 그의 목적이 무엇인지. 그가 도모하고자 하는 것이 뭔지를."

*　　　*　　　*

화산으로 사람이 모여들었다.

허허벌판에 쇠못처럼 우뚝 솟은 화산으로 사방에서 사람의 행렬이 이어졌다.

험준하고 높이가 보통이 아닌 화산의 최고봉에 행렬의 선두가 이르고도 벌판의 뒤를 잇는 사람의 무리는 아득히 먼 지평선까지 사라질 줄을 몰랐다.

'허! 이렇게나 많이 올 줄이야. 이거 큰일 났구나!'

총림당 밖 정자의 처마 아래서 산 아래를 내려다보던 왕심봉은 당혹해 마지않았다.

화산파의 현실을 지극히 잘 아는 그이기에 본산으로 오라는 장문령을 전국 각처에 보내기는 했지만 몇 명이나 이에 응

할지 확신이 없었기 때문이다.

그런데 아침나절부터 대뜸 화산파의 속가제자라며 얼굴에 자상이 있는 청년이 보무당당하게 들어오더니 그 뒤로 행렬이 이처럼 끝없이 이어지고 있는 것이다.

재화를 담당하는 왕심봉은 당연히 돈 걱정부터 들었다.

'태사조께서는 대체 무슨 의도로 이들을 부른 것일까? 저들은 또 어디다 재우고 끼니는 어찌 마련한단 말인가?'

산중의 도문에 진수성찬을 마련할 일도 없거니와, 그렇다고 무슨 고기반찬을 내놓는다는 것은 말이 되지 않았다.

그저 밥 한 공기와 탕, 그리고 나물 몇 가지면 된다.

하지만 화산파는 그마저도 힘들었다.

밥은 수도를 위해 소식을 해야 한다고 권하며 식사량을 줄인 지 벌써 수십 해이고, 삶은 무와 무청, 간장 종지 하나가 반찬의 전부였다.

본산의 제자가 이리 보내고 있는데 졸지에 수백 명을 대접하려면 현실적으로 화산파가 거덜이 난다 해도 모자랐다.

'걱정 마. 내가 다 알아서 할 테니까.'

밤잠을 설쳐가며 고민과 궁리를 거듭하던 왕심봉에게 염세악이 지나가며 툭 던진 말이다.

하지만 변한 것은 아무것도 없었다.

"하아~"

왕심봉은 땅이 꺼져라 한숨을 내쉬었다.

그리고 해가 중천을 가르며 서쪽으로 떨어질 유시 초(오후5시~오후7시) 무렵, 마침내 자운전 앞을 가득 메우고 남천관과 북천관까지 인산인해를 이루며 화산파 속가제자들이 모였다.

자운전 앞에 준비된 의자에 미리 앉은 화산파의 원로들은 이 같은 광경에 놀라움을 느끼면서도 기쁨을 감추지 못했다.

시끄럽긴 해도 한 번 부름에 이리 먼 길 마다 않고 달려오니 화산파의 성세가 다시 찾아온 것만 같이 기쁘기 한량없었던 것이다.

"태사조께서 드시오!"

시장통을 방불케 할 정도로 웅성거리며 소요를 일으키던 군중이 쥐 죽은 듯 조용해졌다.

그런 자운전 앞으로 염세악이 뒷짐을 지고서 휘적휘적 걸어나왔다.

사람들은 오는 내내 반신반의하다가 정말로 백 년 전의 위대한 무인 검신이 모습을 드러내자 크게 동요했다.

준비된 연단 위에 선 염세악이 각양각색의 속가제자들을 쓸어봤다.

"본산까지 오느라 수고 많았다."

염세악은 말을 이리저리 빙빙 돌릴 생각이 없었다.

“돈 좀 내놔라.”

“……?”

“본산에 돈이 없어. 그게 너희들을 부른 이유야.”

“…….”

장내가 염세악이 처음 모습을 드러낼 때보다 더욱 고요해졌다.

그리고 북풍한설 같은 차가움이 장내에 흐르는 공기에 하나 더 추가됐다.

“많이도 안 바란다. 적당히 양심껏 내놔. 적당히.”

중원 전역에 산재해 있는 화산파의 속가 제자들을 부른 염세악.

그가 꺼낸 짧고 간결한 몇 마디 말은 속가제자들에게 충격과 당혹감을 안겼다.

가깝게는 인근에서부터 멀리는 사천과 절강, 심지어 호광 끝단에서부터 온 이들은 기껏 부른 이유가 돈을 내놓으라는 말이니 표정 관리조차 되지 않았다.

‘맙소사?’

‘어찌 저런?’

‘태사조께서 지금 무슨 말씀을…….’

염세악의 말에 놀란 것은 화산파의 장로들도 마찬가지였다.

당황하기로 따지자면 속가제자들과는 비교도 할 수 없을 만큼 황망함이 이만저만이 아니었다.

놀람을 추스른 속가제자들이 뒤늦게 염세악의 말에 반응하며 웅성거렸다.

그러거나 말거나 염세악은 눈 하나 깜짝하지 않았다.

"무공 한 자락 배우겠다고 한평생 용을 써도 제대로 된 무공 초식 하나 배우는 게 하늘의 별 따기인 이 바닥이다. 너희들은 그 중에서도 화산파의 무학을 배웠다."

웅성거림이 더 커졌다. 반대로 염세악의 뒤에 서있던 장로들의 얼굴은 더욱 붉어졌다.

"지금 너희들이 칼 밥 먹고 살면서 누리고 사는 복은 다 화산파의 무학을 익혔기 때문이다. 내 말이 틀렸느냐?"

틀리지 않았다. 틀린 말은 아니다.

하지만 염세악이 던진 물음에 곧이곧대로 수긍하는 표정을 짓는 이는 단언컨대 단 일인도 있지 않았다.

오히려 불쾌한 표정을 드러내고 노골적으로 염세악의 말에 불복하는 눈빛을 쏘아내는 이가 더 많았다.

"이건 말도 안 되는 소리요! 우리가 왜 저들을 도와줘야 한단 말이요?"

"선친의 유언 때문에 어쩔 수 없이 화산파 무공 몇 줄 익혔거늘 기가 막혀서 원!"

"참나! 화산파의 덕이라도 봤으면 여기까지 온 시간이라도 덜 아깝지? 이건 무슨?"

"사부님! 더 들을 것도 없습니다. 어차피 운이 다한 화산파입니다. 그만 끝을 보시지요."

"흥! 화산파가 본 상단에 뭘 해줬다고!"

"어이가 없어서 말도 안 나오는군!"

"허? 삼십 년 만에 발걸음 했더니 화산파가 생색 한번 제대로 내는구나."

많아봐야 삼십 줄 안쪽인 이대삼대 제자들은 웅성거리는 속가제자들의 대화를 가장 가까이서 듣고 있었기에 어찌할 바를 몰랐다.

일대제자들이라도 있었다면 제아무리 화산파가 예전과 같지 않다 하더라도 본산제자로서 방금 전과 같이 해선 안 될 말을 내뱉은 속가제자들은 신분 고하를 막론하고 준엄히 꾸짖었을 것이다.

하지만 본산에 속가제자의 방문을 받아본 경험도 없는 이대삼대 제자들은 본산제자로서의 위치조차 자각하지 못하는 솜털 뽀송한 애송이일 따름이었다.

상황이 이렇다보니 속세에서 닳고 닳은 무인들은 눈에 보이는 주변의 이대삼대 제자들에게 대놓고 눈알을 부라리거나 목에 핏대를 세우며 험악한 인상을 그리는 짓까지 서슴지 않았다.

'좋지 않다.'

장평의 표정이 심각하게 변했다.

그도 나이가 어리기는 마찬가지였지만 그래도 다른 동문 사형제들 보다는 세상 돌아가는 인심을 어느 정도는 알고 있었다.

이미 화산파가 이름값을 하지 못한 지가 오래인데 속가제자들이 순순히 '예. 알겠습니다' 할 계제가 아니었다.

'태사조님께선 대체 무슨 생각으로…….'

장평은 제아무리 강호에 도의가 땅에 떨어졌다고는 하나 속가제자들이 사문에 칼을 들이대는 불상사가 벌어지지는 않을 거라 생각했다.

하지만.

'태사조님의 성질에 곱게 말로 끝내지는 않으실 텐데…….'

문제는 염세악이었다.

장평이 조마조마한 심정으로 염세악을 바라봤다.

"물론, 주기 싫으면 안 줘도 된다."

"……?"

순간 사람들의 표정이 아리송하게 변했다. 이랬다저랬다 도무지 갈피를 잡을 수가 없었다.

염세악의 진의가 무엇인지 갈팡질팡하여 소요는 더욱 커져갔다.

"대신, 화산에서 받아 간 것을 내놓고 가."

"……!"

"축출이나 파문의 죄는 묻지 않을 것이야. 그냥 탈문으로 처리할 뿐이야. 산문을 나서는 순간 문호는 뒤끝 없이 깨끗하게 정리해 주마."

더러는 낯빛이 하얗게 질린 이도 있었지만 대부분의 사람은 염세악의 이 말에 안색이 붉으락푸르락해졌다.

화산에서 받은 것을 내놓고 가라.

말인즉슨, 싫으면 일신의 무공을 전폐하고 인연을 끊으라는 뜻이었다.

그들 중 대부분이 화산파와 인연을 끊자고 해서 콧방귀를 뀔 위인은 거의 없다고 봐야했다.

하지만 무공을 모두 내놓고 가라면 얘기가 달라진다.

축출이나 파문이 아닌 탈문이라 했으니 단전을 부수거나 심줄을 끊지는 않을 터다.

하지만 평생을 쌓은 공력을 산공(散功:내공을 소멸하는 것)하면 보통 사람으로 돌아가게 되며 바깥세상에서 화산파의 무공은 단 일 초식도 써서는 안 되는 것이 법도.

그들에게 무공을 내놓아라 함은 사실상 가진 전부를 내놓으라는 것이나 진배없었다.

그러나 염세악의 말에 입을 뗴 불만을 제기하는 이는 단 한 명도 없었다.

화산파의 성세가 기울어 무시하고 얕잡아 보일 정도로 약해지고 저마다 몸을 담고 있거나 일가일문을 이룬 세가 더 높다고 해서 해결될 문제가 아니었다.

일문의 제자가 명을 거역하는 것은 기사멸조의 중죄를 저지르는 것이며 문호를 어지럽히는 역도가 되는 것이다.

비단 그것은 문호와 관련해서만으로 끝이 나는 것이 아니다.

축출이나 파문이 된 자는 어떤 방식으로든 강호무림에 발을 들일 수가 없다. 그것은 탈문의 절차라고 해도 마찬가지였다.

어떤 식으로든 문호가 정리당한 자는 금수만도 못한 자로 한평생 죽을 때까지 낙인찍혀 경원시되거나 비웃음거리로 전락해 얼굴을 들고 살 수 없게 되는 것이다.

그렇다고 해서 모두가 염세악의 말에 고분고분한 것은 아니었다.

이런저런 예상되는 앞날이 있더라도 자신이 가진 지위와 권세로 그 모든 것을 초월할 수 있다고 믿는 사람도 있기 마련이기에.

"흥! 검신 어쩌고 하기에 귀찮은 발걸음을 했더니 아주 가관이군!"

"……!"

수많은 사람이 웅성거리는 수군거림을 뚫고 울려 퍼진 목소리에는 고막이 진동할 정도로 묵직한 공력이 담겨 있었다.

목소리가 들려온 곳을 향해 무리의 시선이 모일 때 염세악의 눈길도 그쪽으로 향했다.

아래위로 진한 녹의 무복으로 통일한 기 오십 명의 검객들이 모여 있는 그들의 선두.

천진벽력당(天津霹靂堂)이라는 깃발이 당당히 바람에 나부꼈다.

주변으로 저마다 한 지역에서 주름 잡는 이가 여럿 있었지만 누구도 끼어들 생각도 하지 않고 오히려 조용히 몇 걸음 물러섰다.

천진벽력당은 무림에서 알아주는 세력은 아니었지만 경사(京師:수도)에 터를 잡은 후로 그들이 배출해 낸 조정의 관료와 군문의 장수가 여럿이었다.

조정과 군부로 배출한 자손과 문인이 여럿 있다는 사실은 무림에서 세력을 규합하는데 혈안이 돼 있는 북검회나 남도련도 천진벽력당에 관해선 일찌감치 손을 뗐고, 천하제일세인 용천장마저도 한 수 접어주는 모양새였다.

이렇다보니 천진벽력당의 높은 콧대는 하늘 높은 모르고 기세등등하여 어딜 가나 위세를 과시했다.

역사는 불과 삼사십 년에 불과하지만 그만한 위치에 오르기까지 오직 자신의 힘으로 기반을 이뤘다고 여기는 천진벽력당의 당주 섬전비검(閃電飛劍) 육기헌은 그래서 염세악의 말에 치욕에 가까운 분노를 느꼈다.

"우습구나! 우스워!"

육기헌은 말은 그렇게 하면서도 눈은 분노로 활활 타올랐다.

"이 따위로 무슨 본산 운운한단 말인가! 화산파? 하? 풍문으로 익히 들었지만 실로 한심스럽지 않은가!"

목청을 떨어 울리며 소리친 육기헌이 주변을 에워싼 화산파 제자들을 쓸어 봤다.

"얼마나 문파 구실을 변변히 못하였으면 매화검수 하나 보이질 않는단 말인가? 솜털도 가시지 않은 어린 녀석들에게 도사 옷을 입혀놓으면, 내가 허리를 숙이고 본산제자로 예우해 줄 거라 생각한 건가!"

육기헌의 호통에 새삼 속가제자들이 주변의 화산파 본산제자들을 둘러봤다.

그의 말대로 매화검수로 보이는 고수 축에 들 만한 이는 눈을 씻고 찾아봐도 없었다.

기껏해야 이제 한참 영글어갈 청년이거나 젖비린내도 가시지 않은 소년이 대부분이었다.

"본산 구실도 제대로 못하면서 실로 낯가죽도 두껍구나!"

순간 염세악의 눈썹이 꿈틀거렸다.

"더 볼 것도 없다! 가자!"

노한 육기헌이 모두 들으라는 듯 부르짖더니 몸을 홱 돌렸다.

그의 말에 천진벽력당의 제자들도 주변의 사람들은 안중에도 없다는 듯 바로 그의 뒤를 따랐다.

그때였다.

"누가 가라고 그랬어?"

염세악이었다.

하지만 육기헌은 오히려 기다렸다는 듯 고개를 홱 돌리며 그를 향해 노골적으로 비웃음을 날렸다.

"뭐요? 한 줌도 안 되는 허울 좋은 화산파의 이름을 빌어 위세라도 부려… 컥?"

기세등등하던 육기헌이 별안간 말을 멈추며 자신의 목을 부여잡더니 팔 척 거구가 지면에서 한 자 가까이 떠올랐다.

"아니?"

"당주! 무슨 일이십니까!"

천진벽력당의 제자들이 급작스런 사태에 크게 놀랐다.

펑—!

"크아악!"

순간 허공에서 버둥거리던 육기헌이 눈을 허옇게 까뒤집더니 등 뒤 옷자락이 터져 나가며 피 화살을 토했다.

"헉? 당주!"

"이, 이럴 수가?"

사람들은 순식간에 일어난 사태에 경악했다.

염세악이 말했다.

"내가 말했지? 갈 거면 받은 거 다시 내놓고 가라고."

"……!"

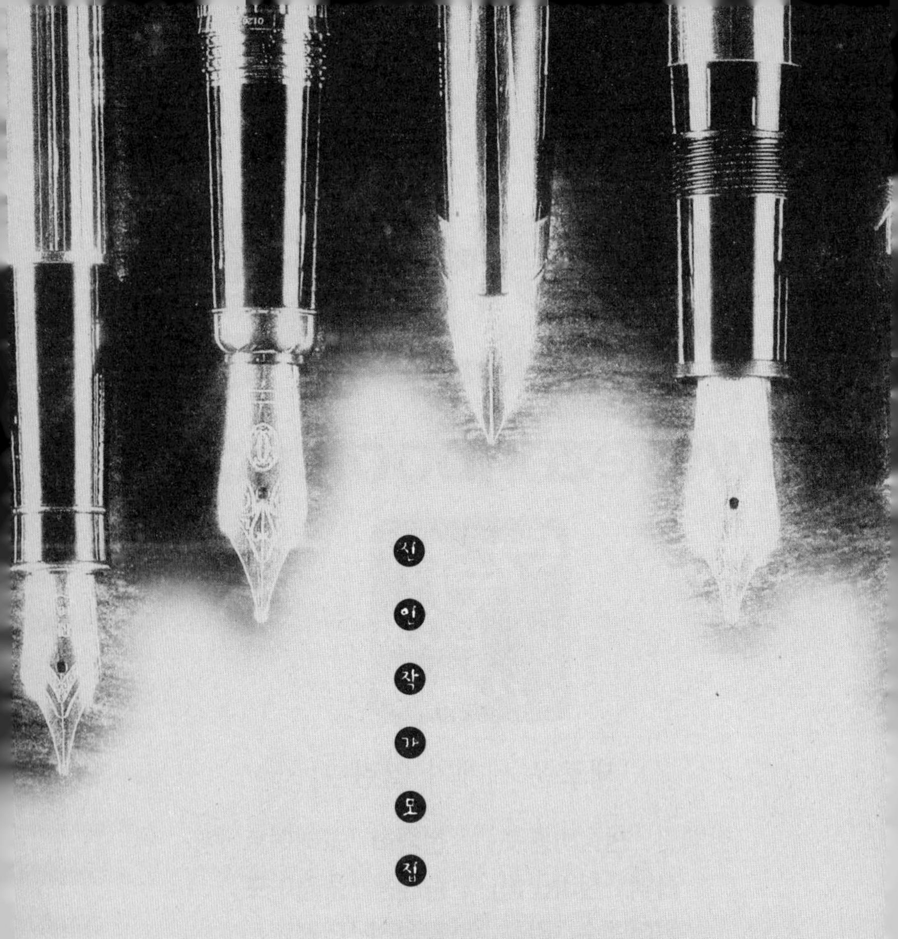
신
인
작
가
모
집

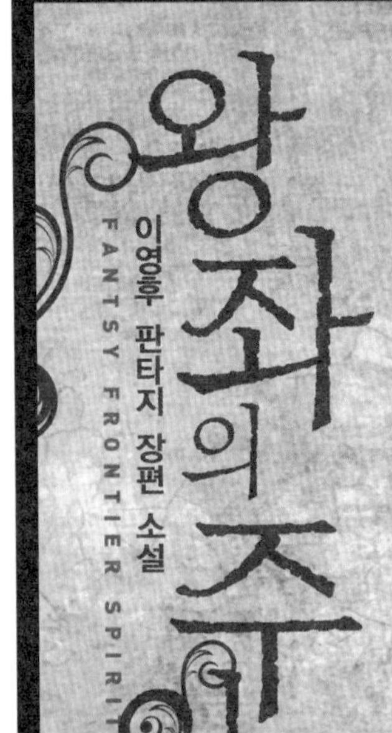
왕좌의 주인
이영후 판타지 장편 소설
FANTSY FRONTIER SPIRIT

왕좌의 주인
이영후 판타지 장편 소설
FANTSY FRONTIER SPIRIT
1 왕좌의 주인
2 왕좌의 주인